SEMPER BONIS ARTIBUS

E40

Literatur, die verbindet

Frankreich
Belgien
Deutschland
Polen
Belarus
Ukraine
Georgien
Armenien
Usbekistan
Turkmenistan
Kirgisistan
Tadschikistan
Kasachstan

Edition Europastraße – Band 5

This book was published with the support of Flanders Literature.
(www.flandersliterature.be)

FLANDERS LITERATURE

Wir danken Flanders Literature
für die großzügige Unterstützung.

Deutsche Erstausgabe

Originally published in 2021 under the title:
»Hersenorkaan«

Edition Europastraße ist ein Imprint der
Verlag Friedrich Mauke KG
Bauhausstraße 7, 99423 Weimar

Coverbild: Roman Zhuk (www.roman-zhuk.com)
gesetzt aus der Bembo Book MT Pro und der Gill Sans nova
Druck und Bindung: Beltz Grafische Betriebe, Bad Langensalza

ISBN 978-3-948259-32-7
www.mauke-verlag.de

Weimar
2024

Ann De Craemer

Kopfsturmtage

aus dem Flämischen übersetzt von

Lotte Hammond

edition Europastraße

I can’t tell you what it really is
I can only tell you what it feels like
And right now there’s a steel knife, in my windpipe
I can’t breathe, but I still fight, while I can fight

Rihanna: »Love the way you lie«

Es gibt keine Zeit
Oder gibt es nichts als die Zeit?

M. Vasalis: »Ebbe«

1

»Im Volksmund«. »Seit jeher«. Derart beginnt meist die Behauptung, wir Elstern würden gern glänzende Objekte stehlen. Es stimmt. Ringe. Schmuck. Zierwerk aus Gold und Silber. Wir klemmen sie uns in den Schnabel und schmücken unsere Nester damit. Diebinnen sind wir, Diebinnen der Schönheit. Sogar in eine Oper haben wir es geschafft, »La gazza ladra«, die diebische Elster, geschrieben 1817 von Giaochino Rossini. Ein Dienstmädchen wird fast hingerichtet, weil sie einen Silberlöffel gestohlen haben soll, doch die wahre Täterin ist eine Elster.

Langfinger. Diebische Mistviecher. Dafür hält man uns. Viel zu selten wird erwähnt, dass wir nicht aus Hochnäsigkeit stehlen, sondern um etwas auszuschmücken, und dass wir hochintelligent sind. So schwarzweiß wie unser Federkleid ist unsere Geschichte also nicht – das sind Geschichten nie.

Über zweihundert Jahre ist es her, dass eine Elster eine Hauptrolle spielen durfte. Halte ich es deshalb für an der Zeit, wieder in einer Erzählung aufzutauchen? Vielleicht. Oder vielleicht bin ich in diese Geschichte geflogen, weil ich mir einen Vorteil verschaffte. Vielleicht lag ich schon länger auf der Lauer, um zu stehlen, was sich so unverhüllt in ihren Augen spiegelte. Ich sah es, wenn sie im Sommer vor sich hin summend die Wäsche aufhing. Ich sah es, wenn sie im Bikini auf ihrer Liege lag, an einem gut geschützten Platz, wo die Nachbarn sie nicht begaffen konnten.

Bei diesen Nachbarn gab es nichts Stehlenswertes mehr. Das sind alte Leute, die die ganze Zeit über in ihren Seniorenwohnungen am Fenster sitzen. Das Licht in ihren Augen ist erloschen, ihre Gedanken sind so verstaubt, dass sie für mein Nest kaum brauchbar sind. Verschlossene Köpfe, aus denen nichts Glänzendes mehr zu holen ist.

Dahingegen sie: Man will das Exemplar mit dem geringsten Widerstand, bei dem der Glimmer ungeschützt an der Oberfläche zu sehen ist. Es geht um Effizienz, um maximalen Ertrag bei minimalem Einsatz. So läuft das nun mal im Leben, auch in der Natur. Meiner Natur.

Es begann, wie immer, mit einem kleinen Diebstahl, der mir harmlos vorkam. Als ich sie letzten Sommer auf dieser Liege sah, diesmal nicht im Bikini, sondern in Shorts und Trägertop, wusste ich, ich muss die Gelegenheit endlich beim Schopf packen. Ihr Körper war halbnackt, ihre Gedanken entblößter denn je. Es schien, als hätten die Sonnenstrahlen sie gelähmt, während der Kopf unaufhörlich weiterraste, fast überkochte. Es gab keinen besseren Moment, ihr diese Last abzunehmen. Da hieß es jetzt oder nie. Es wurde jetzt. Jetzt, wo manche ihrer Gedanken noch glänzten wie mein Federkleid, da musste ich zuschlagen.

2

Du legst den Kopf in den Nacken und blinzelst in die Sonne, die auch im Sommer hier geschienen haben muss, aber davon hast du nichts mitbekommen. Die Sonne war bloß eine gelbe Scheibe am Himmel, so wie du selbst nur ein Körper mit einem Kopf darauf warst. Du fragst dich, wie es so weit hat kommen können. Dass du hier stehst. Hier, an dieser Stelle. Du starrst auf deine Schuhe. Grellbunte Turnschuhe mit fröhlichen rosa Schnürsenkeln. Turnschuhe mit kleinen Luftlöchern an der Seite – als würde Luft noch einen Unterschied machen. Ironischer können Schuhe gar nicht sein. Jetzt, wo sich deine Füße schon seit zwei Monaten wie bleischwere Klötze anfühlen, sehen sie aus wie eine Pointe an einem Klumpfuß. Ja, sie würden gern tanzen, aber alles schleppt sich und ist schwer. Du gehst nicht mehr, du stolperst.

Es ist Sonntag. Es ist Spätsommer. Es ist still. Hinter dir sind Maisfelder. Du denkst daran, wie du als Kind die reifen Kolben zum Leben erwecktest. Du zogst die grünen Hüllblätter nach unten und verwandeltest sie in einen Hawaiirock. Aus den rötlichbraunen, haarigen Fäden oben machtest du einen bauschigen Afro.

Du zupftest an den richtigen Stellen ein paar Maiskörner weg, drücktest Steinchen hinein und vor dir erschienen Augen, Ohren und Nase. Du denkst daran, wie einfach alles damals noch war.

Wie hat es so weit kommen können? Dass du hier stehst, auf diesem ausgedörrten Boden am Rande eines Maisfelds, und dass du bei den drei Bäumen dort, die du als dein Eigentum betrachtest, weil sie schon dein ganzes Leben lang hier stehen, nicht mal mehr erkennst, wie schön sie sind. Wie hat es so weit kommen können? Dass du hier stehst, weil dein Kopf leer und zugleich voll ist, und du nur noch fantasierst, wie du all deine Kraft zusammennehmen könntest, um es zu *tun*, es einfach zu *tun*; so schwer kann das doch nicht sein, es einfach zu *tun*.

Du stehst nicht zum ersten Mal hier, an den Gleisen, die nicht mal einen Kilometer von deinem Elternhaus entfernt sind. Als du noch zur Schule gingst, konntest du bei Westwind das Donnern des Zuges bis in dein Zimmer hören. Entweder um Viertel nach der vollen Stunde der Zug aus Brüssel in Richtung Meer oder um Viertel vor der vollen Stunde der in die entgegengesetzte Richtung.

Jetzt denkst du an diesen Zug nur noch als Mittel zum Zweck. Ein Mittel, das diesem Elend ein Ende bereiten kann. Dem Schmerz, den du schon seit Monaten fühlst, den niemand sieht und gegen den Paracetamol nichts ausrichtet. Du denkst an die Ameisen in deiner Rübe – ja, deiner *Rübe*, denn wer kann einen solchen Feind noch Kopf nennen? Ein immer größeres Nest haben die Ameisen gebaut. Nicht so eins wie im echten Leben, mit einer ausgeklügelten Struktur, sondern eins, über das irgendwer Gift geschüttet hat, das jegliche Ordnung weggeätzt hat. Ein erdiger Dreckhaufen ist übriggeblieben, jeder Gang darin eine Sackgasse. Ein verrücktmachendes, auswegloses Netz.

Es ist 18:15 Uhr. Gleich kommt der Zug Richtung Küste, auf den klebrigen Sitzen darin vielleicht noch eine Handvoll Reisende, die am Ende der Fahrt den Sonnenuntergang sehen wollen. Du stehst zum soundsovielten Mal hier, um zu kontrollieren, ob der Zug an dieser Stelle schnell genug ist, um es in deinem Kopf wieder still werden zu lassen, für immer.

Ja. Hier ist der Zug schnell genug. Deine Ruhestätte ist sicher in der Abenddämmerung. Stille winkt in den Augen der herandonnernden Lokomotive.

3

Auf einer Gartenliege sitzt eine Frau. Sie liegt nicht. Sie sitzt. Das Kopfende steht senkrecht. Ihre Hände stecken in den Taschen ihrer verwaschenen Jeansshorts. Wer sie kennt, wird sich wundern, warum ihre Beine nicht braungebrannt, sondern noch bleich sind, als hätte sich nur die erste Frühlingssonne zögerlich an sie herangewagt. Immer wollte diese Frau in allem die Beste sein, auch bei einem Wettkampf in ihrer Schulzeit, der zwar keinen offiziellen Namen hatte, den die Mädchen aber dennoch austrugen: Wer hat die gebräuntesten Beine? In den Urlaub fuhr sie nie, das konnten sich ihre Eltern nicht leisten. Trotzdem war es für sie Ehrensache, Anfang September das oberste Podest der gebräunten Beine zu erklimmen. Sie genoss es, wenn ihre Klassenkameradinnen sie fragten, wo sie denn gewesen sei. Sie kostete ihre erstaunten Blicke aus, wenn sie antwortete: »In meinem Garten.« Der Himmel über ihr ist heute so wolkenlos, als läge sie irgendwo im Süden am Pool. Aber dort ist sie nicht, obwohl sie auch nicht ganz hier ist. Ihre Beine sind nackt. Unmittelbar über ihren Knöcheln verläuft eine dünne Linie, die die Farbe ihrer Waden von der ihrer

Füße trennt. Ein kaum erkennbarer Streifen, der zeigt, dass sie auch dieses Jahr Fahrrad gefahren ist, bloß weniger als sonst.

Sie sieht hinüber zu den Bäumen hinter ihrer Wohnung, die sie schon seit zehn Jahren bewohnt. Die Bäume sind grasgrün, der Himmel stahlblau. »Grasgrün«? »Stahlblau«? Worte wie aus einem Schulbuch, in den letzten Monaten hat sich alles Funkelnde aus ihren Worten gestohlen. Als hätte sich, zusammen mit dem Schweiß ihres warmen Körpers, auch die Sprache hinausgezwängt – bloß weg hier, weg von diesem sinkenden Schiff.

Was nicht Reißaus genommen hat, ist das Tier auf ihrer rechten Schulter. Sie hat es noch nicht bemerkt. Ihm noch nicht in die Augen gesehen. Sein Krächzen noch nicht gehört. Aber vielleicht hat sie seine Anwesenheit schon gewittert, denn als das Tier soeben die Kralle einen Zentimeter nach rechts schob, glitt ihr der Spaghettiträger von der Schulter. *Bonjour tristesse.*

4

Ich weiß, dass ich es nicht tun werde – mittlerweile weiß ich das. Dass ich es nicht tun darf. Ein paar Mal habe ich meine Füße auf den rostroten Schotter geschleppt: Sofort verkrampfte sich mein ganzer Körper. Trotzdem komme ich immer wieder hierher zurück, weil allein die Möglichkeit, ich könnte mich irgendwann doch dazu überwinden, mein einziger Trost ist. Die Rückkehr zu diesem vertrauten Zug ist eines der wenigen Dinge, die mir Halt geben. Wenn es wirklich nicht mehr geht, ist da immer noch das. Dieser Ausweg. Diese Lösung. Dieser teure Spaß (hab ich auf Google gelesen), der allem ein Ende macht. Wenn die Ameisen nicht aufhören zu wimmeln, ist der Zug das beste Bekämpfungsmittel.

Ich pflücke einen Klatschmohn, seit jeher meine Lieblingsblume. »Klatschmohn«, so lässt mich mein Smartphone wissen, »ist eine Pionierpflanze, die auf frisch umgegrabenem oder verschmutztem, kargem, für andere Pflanzen unwirtlichem Boden als erste wächst. Wird ein Feld von einem Bauern oder einer Granate aufgewühlt, kommen ihre Samen, die schon seit Jahren in der Erde versteckt sind, an die Oberfläche.« Und: »Diese Blume ist und bleibt ein schönes Symbol für die Stärke und Anmut, die aus kompletter Zerstörung hervorgehen können.«

Letzteres habe ich schon so oft gehört.

What doesn't kill you makes you stronger.

Du wirst gestärkt daraus hervorgehen.

Auf Regen folgt Sonnenschein.

Über den Wolken, so lehrt ein Blick aus dem Flugzeugfenster, ist der Himmel immer blau.

Jedes Mal hatte ich genickt, und innerlich missmutig weggesehen. Wie konnten Leute das einfach so behaupten – dass immer alles gut wird? Ich spürte, wie liebevoll sie das meinten: Auch sie wussten nicht, wie man mit einer so gut wie unsichtbaren Krankheit umgeht, also sagten sie zögernd, was sie glaubten sagen zu müssen.

Das Donnern des Zuges ist verebbt. Eine Schwalbe rauscht durch die Luft. Ich gehe auf der bröckeligen Erde am Maisfeld entlang. Ich habe mich wieder nicht getraut und verfluche mich selbst, gleichzeitig bin ich erleichtert. Hauptsächlich für diejenigen, die ich in unsäglichem Leid zurücklassen würde. Obwohl es doch mein Leben, und mein Ende ist, denke ich gleich darauf. Als ich den Kieselweg zwischen den Feldern verlasse und die Asphaltstraße des Neubaugebiets betrete, sehe ich einen Mann. Er sprengt seinen Rasen, obwohl wegen der Hitze im zu Ende gegangenen Sommer Wassermangel herrscht. Der Mann sieht zufrieden aus, selbstsicher. Nackter Oberkörper, Flipflops, den knallgelben Gartenschlauch hält er wie eine Trophäe in der Hand. Er lächelt. Ich lächele zurück.

Ich frage mich, wie er das macht, wie er so glücklich durchs Leben gehen kann. Ich frage mich, ob er das Ameisengewimmel in meinem Kopf sieht. Ich frage mich, ob er riechen kann, dass ich schon seit Monaten in einem muffigen Keller wohne, unfähig, die erste Treppenstufe zu finden, geschweige denn den Lichtschalter, der da irgendwo unerreichbar in der Wand versteckt ist.

5

Jede Geschichte hat einen Anfang, eine Mitte und ein Ende. Bloß bin ich gleich in der Mitte gelandet: Eine krankmachende Depression hat mich in das Auge eines Wirbelsturms gesaugt. In ihm saß ich – hing ich. Denn man hängt: erstarrt und nach Atem ringend, während kilometerdicke Wolken einen umkreisen, als hätten sie die Tollwut und könnten sich nicht beruhigen.

Das Ende der Geschichte ist vorhersehbar: Ich schreibe, also lebe ich. Aber auch diese Geschichte hat einen Anfang.

Es wäre poetisch gewesen, hätte alles an einem düsteren Herbsttag begonnen. Dann hätte ich schreiben können, das Wetter wäre trüb und die Wolken wären aufgebläht und grau gewesen, und das unheildrohende Wetter draußen hätte, im Nachhinein betrachtet, perfekt angekündigt, was sich schon bald in meinem Inneren abspielen würde. Das hätte ein starkes, apokalyptisches Bild abgegeben. Die Wahrheit ist prosaischer. Es war der 18. Mai 2017 und es war lächerlich warm für einen Frühlingstag. Der Himmel glänzte poliert, wegen der Hitze war jedes Vogelgezwitscher verstummt, die Pflanzen auf der Terrasse steckten ermattet in ihren Töpfen.

In den Monaten zuvor hatte ich mich schon öfter etwas angeschlagen gefühlt, vor allem körperlich. Eisenmangel, Magenschmerzen, ein Flimmern in meinem Blickfeld, die Ärztin meinte, es wäre bloß »Augenmigräne« – harmlos und nach einer halben Stunde wieder verschwunden. Ich achtete kaum auf meine Symptome. Einem bestimmten Vorzeichen hätte ich aber doch Aufmerksamkeit schenken sollen: Es gelang mir einfach nicht, mit einem neuen Buch anzufangen. Wieder und wieder dachte ich mir etwas Neues aus. Es ging so weit, dass ich mich schämte, wenn ich meinem Verleger den x-ten neuen Vorschlag schickte. Heute ist mir klar, dass mir die Kraft gefehlt hatte. Und die Überzeugung. Seit 2010 hatte ich jährlich ein Buch abgeliefert, nun geriet ich ins Stocken: Schreibblockade, mein Kopf steckte fest. Aber auch bei dem Gedanken zuckte ich relativierend mit den Schultern. Lass dir Zeit, sagte ich mir – wie's kommt, so kommt's.

Und wie es kommt: an diesem Mainachmittag, auf meiner Terrasse, auf einer Gartenliege mit einem Badetuch darauf, damit der Stoffbezug keinen Schweiß abkriegt. Ich tue, was ich hier immer tue: ein Buch lesen und ab und an zu den betagten Nachbarn auf der anderen Seite rüberblinzeln. Gerade eben noch habe ich der alten Frau, die ihre Geranien gießt, zugewunken. Ich denke: »Hallo« und: »Viel Wasser trinken heute, Madame«, und lese weiter.

Zwei Minuten später tanzen mir plötzlich die Buchstaben vor den Augen. Ich setze die Sonnenbrille auf und wieder ab, die Wörter schweben noch immer über die Seite. Weitere zwei Minuten später ein

Kurzschluss in meinem Körper: Ich werde kurzatmig, Arme und Beine sind eiskalt, mein Brustbein ist in einem Schraubstock eingeklemmt. Ein Herzinfarkt, denke ich. Doch dann kommen die Tränen. Ich weine und kann nicht mehr aufhören. In Embryonalhaltung weine ich, wie ich es seit dem Tod meiner Großmutter, als ich vierzehn war, nicht mehr getan habe. Rotz rinnt aus meiner Nase und verteilt sich auf dem Badetuch, das jetzt auch keinen Schweiß mehr aufsaugt, sondern unaufhörlich Tränen, deren Ursprung ich mir nicht erklären kann. Mein Handy liegt neben mir, aber mir fehlt die Kraft, jemanden anzurufen. Ich stehe auf und gehe nach drinnen, blicke im Badezimmerspiegel in die rotunterlaufenen Augen einer ratlos nach Atem schöpfenden Frau. Sie erwidert meinen Blick und drückt ihren Kopf an meinen. Die Berührung mit ihrer zuckenden Stirn treibt einen Schauder durch meine Glieder.

6

Es ist das unaufhaltsame Geräusch eines Fließbands in den Ohren.

Es ist nichts als dieses Geräusch hören, Sekunde für Sekunde, Stunde für Stunde, Tag für Tag.

Es ist Verzweiflung beim Frühstück und Grauen beim Abendessen.

Es ist nichts, und das ist entsetzlich viel.

Es ist nur mehr kurze Sätze sagen können.

Es ist nur mehr

Es ist

Es ist zerquetscht werden.

Es ist stranguliert werden.

Es ist pulverisiert werden.

Es ist kein Spiegelbild mehr.

Es ist durch alles hindurchsehen.

Es ist eine Kulisse sehen, wo früher eine Stadt war.

Es ist Schaufensterpuppen sehen, wo früher Menschen liefen.

Es ist tausende Münder in Bewegung sehen und etwas antworten wollen und dabei an der eigenen Zunge ersticken.

Es ist ersticken.
Es ist an sich selbst ersticken.

7

– Na los, mach! sagt der Körper.
– Was? fragt der Geist.
– Aufstehen. So schwer ist das doch nicht. Beine nach rechts. Füße auf den Boden.
– Ich kann nicht.
– Du musst! Ich bin dein Haus. Ohne Sauerstoff frisst mich der Schimmel.
– Ich kann nicht. Mir ist schwindlig.
– Du machst mich schwindlig. Du brauchst frische Luft.

Ich stehe auf. Unter dem Sofa suche ich meine Turnschuhe, ich habe sie schon seit vier Tagen nicht mehr angezogen. Jeder Handgriff ist unerträglich anstrengend. Füße in die Schuhe. Schnürsenkel binden. Oberschenkelmuskeln anspannen. Aufstehen.

– Nimm die Schlüssel! Hol die Einkaufstasche aus dem Schrank!
– Ich kann nicht.
– Schwächling! Du stehst schon bei der Tür. Geh die Treppe runter! Mach die Haustür auf! Spür die Sonnenstrahlen im Gesicht!

– Leck mich am Arsch mit deinen Sonnenstrahlen! Die heiße Luft lässt mich nach Atem ringen. Ich halte mir mein Ziel vor Augen: den Supermarkt um die Ecke, wo ich früher täglich einkaufen gegangen bin, weil dort die Atmosphäre noch so gemütlich ist wie in den Dorfläden aus meiner Kindheit.

Es ist nicht mal hundert Meter weit, aber ich muss einen ganzen Ozean durchqueren. Mir ist, als würden mich alle anstarren, und vielleicht stimmt das sogar, weil ich kaum noch rauskomme. Meine Nachbarn nicken mir zu und mechanisch nicke ich zurück. Und mein langsames Tempo beschleunigt sich, denn ich will nicht von ihnen angesprochen werden, sonst würden sie fragen, wie es mir geht, und wie immer erwartet man dann als Antwort gut, sehr gut, ausgezeichnet, denn keiner will hören, dass du schon seit einem Monat kaum noch aus dem Bett kommst und dass du schon viermal ins Bett gemacht – ja, gepisst – hast, wie ein kleines Kind. Also haste ich auf den Supermarkt zu und sage mir: Siehst du, du kannst es, die Hälfte der Strecke hast du schon geschafft. Und genau in dem Moment ruft eine Bekannte auf der anderen Straßenseite meinen Namen, und sie will schon zu mir rüberkommen, und ich sage: »Tut mir leid, ich muss zum Zug«, und ich hasse mich selbst wegen dieser Lüge, und gleichzeitig flutet mich ein Siegesrausch, weil ich so schön natürlich lügen kann – und weil ich schon fast da bin.

Ich bin da, verdammt noch mal, ich bin da. Ich bin im Supermarkt.

– Gut, das war's, oder?

– Noch nicht ganz. Du bist gerade erst zur Tür herein.

– Aber ich bin so müde.
– Du weißt doch noch, wofür du die hundert Meter zurückgelegt hast?
– Ja. Für hundert Gramm Spaghetti-Soße.

Ein Gramm pro Meter. Super.

8

Es gibt weiche Worte. Worte, die dir dein Geliebter ins Ohr flüstert, die dich streicheln wie seine Finger, die er dir über den Bauch und nach innen gleiten lässt. Worte, die der Dichter behutsam, als wären es seine Kinder, dem Papier anvertraut. Worte, die so biegsam sind wie ein junger Baum im Wind.

Und es gibt harte Worte. Worte, die dein Geliebter mit einem Kopfschütteln ausspricht, während dir seine Augen schon verraten, was er als Nächstes sagen wird. Worte, die ein Politiker an sein Volk richtet: Ohne den großkotzigen Panzer sind es nackte Lügen. Worte, geflüstert und dennoch endgültig, die ein Henker an den zum Tode Verurteilten richtet.

»Depression soll kein Tabu-Thema mehr sein«, sagt die Zeitung vor mir, daneben steht mein soundsovielter Kaffee heute Morgen. Das Wort »Depression« gehört für mich zu der zweiten Wortkategorie – der harten. Ein Terminus wie ein Beilhieb, weil das abgeleitete Adjektiv »depressiv« unverhältnismäßig oft verwendet wird und dadurch verschleiert, dass es sich bei der Depression um eine Krankheit handelt, genauso schlimm wie Krebs. Sie ist Krebs. Ein Krebs des Denkens, des Tuns, der Lebenslust. Eine Geschwulst, die zum Bersten voll ist mit angesammeltem Nichts. Ein Nihilismus des Willens, des Geistes und der Träume.

Worte sind nicht unschuldig: Eine Grippe ist kein Krebs, ein Gefühlstief keine Depression. Bei den ersteren beiden helfen Ruhe und eine Daunendecke, bei den letzteren beiden allein Medikamente und ein Leidensweg, der nur um ein Haar erträglicher ist als die zu bekämpfende Krankheit. Die landläufige Verwendung des Wortes »depressiv« für alles, was auch nur irgendwie in Richtung Lustlosigkeit und Scheißtag geht, führt häufig dazu, dass der Ernst einer Depression unterschätzt wird: »Depression« stünde für einen Knacks in der Lebenslaufbahn, »depressiv« für ein geknicktes Gemüt. »Depressiv« ist ein abgewohntes Wort, das sich von seiner tieferen Bedeutung verabschiedet hat, und deshalb wandert es hier, an dieser Stelle, in den Müll. Ich schaffe es ab, obwohl ich weiß, dass das nicht geht, weil es schon zu lange in unserer Sprache haust. Also bleibt mir in diesem ungleichen Kampf nichts anderes übrig, als es zu umarmen. Aber ich taufe sie um, meine schwarze Krankheit. Sie gab mir den Abgrund, ich gebe ihr einen Ehrennamen. Ein Etikett, das Außenstehenden ihr Wesen begreiflich machen soll: Denkfinsternis, Dunkeldonnern, Lebenswiderwille, Gefühlsleere, Gehirnorkan, Kopfsturm.

Ja, Kopfsturm: Alles rast in alle Richtungen und jeglicher Halt ist aus der Verankerung geflogen, während in mir drin der Sauerstoff abgesaugt wird und eine Geschwulst aus Stille und Angst wächst. Ich bin nicht da, ich bin doch da, ich bin nicht, ich bin doch – Ratlosigkeit hat sich bei mir eingeschlichen.

9

1. Gib dir einfach mal 'nen Ruck!
2. Das ist nur ein vorübergehendes Tief – nächste Woche bist du wieder ganz die Alte.
3. Es gibt Schlimmeres im Leben.
4. So ist es mir auch schon mal gegangen.
5. Einmal gut ausschlafen und dann geht's dir gleich wieder viel besser.
6. Schöner Luxus, auf ärztliche Verordnung drei Monate im Bett bleiben!
7. Denk doch mal an die, die wirklich krank sind.
8. Selbstmord? Das passt doch gar nicht zu dir.
9. Nimm deine Tablettchen und dann wird das schon wieder.
10. Sei froh, dass du keinen Krebs hast.
11. Daran stirbt man zum Glück nicht.

10

Unten läutet es an der Tür. Ich tue, was ich nicht tun will: Ich stehe auf. Lasse meine Füße in die Pantoffeln gleiten, denn offenbar ist das eines der wenigen Dinge, die mir noch nicht egal sind: Meine bloßen Füße sollen keine Spuren auf dem Parkettboden hinterlassen. Was früher nebensächlich schien, gewinnt plötzlich an Bedeutung, vor allem, wenn es etwas ist, das sich noch kontrollieren lässt. Siehe da, Logik pur: Kontrollverlust kann zu einem Verlangen nach Kontrolle führen. Die Videosprechanlage zeigt das Gesicht meines Vaters. Ich seufze. Schon wieder. Er war gestern hier. Und vorgestern. Und den Tag davor. Jedes Mal wollte ich ihm sagen: Ich kann das nicht. Er hier auf dem Sessel, seine hündisch ergebene Erwartung, ich würde ihm so wie früher Löcher in den Bauch reden. Aber wie sagt man einem Mann, der einen mehr liebt als sich selbst, dass man seine tägliche Anwesenheit unerträglich findet?

Als er hereinkommt, sitze ich auf meinem Stammplatz auf dem Sofa. Mein Vater schüttelt den Kopf – das weiß ich, ohne hochzusehen. Er kommt näher. Ich habe noch keinen Blickkontakt hergestellt. Ich weiß, er erwartet, ich würde dieses Mal besser aussehen, vielleicht sogar lächeln, aber das schaffe ich nicht und warum versteht er das nicht und warum muss ich mich dauernd, bestimmt auch diesmal gleich wieder, dafür rechtfertigen, wie ich mich fühle?

»Sitzt du wieder in deiner Wurst?«

Meine »Wurst« ist ein Schwangerschaftskissen, das mir eine Freundin mal geschenkt hat. Ich war nie schwanger, aber ein halbes Jahr vor der Depression bekam ich nachts so starke Rückenschmerzen, dass ich mich kaum noch rühren konnte. Untersuchungen blieben ergebnislos. Im Nachhinein halte ich die Schmerzen für ein Vorzeichen: Der Körper weiß schon früher als der Verstand, dass etwas nicht stimmt. Wegen der Rückenschmerzen brachte mir die Freundin das Kissen. Ich sollte es mir beim Schlafen zwischen die Beine klemmen, das würde meine Haltung verbessern. Es half nichts. Morgens beim Aufstehen weinte ich vor Schmerzen. Eine kalte Metallplatte fraß sich in mein Rückgrat.

Nach etwa zwei Monaten waren die Rückenschmerzen auf wundersame Weise verschwunden. Andere ergrauen von heute auf morgen; ich war von heute auf morgen von den Schmerzen erlöst. Danach verwendete ich das Kissen als Rückenstütze auf dem Sofa. Es begann wie eine Wurst auszusehen und abends schmolz ich wie ein Stück weiche Butter darin weg.

»Wo soll ich denn sonst sitzen?«

»Warst du heute schon draußen?«

»Nein.«

»Es ist schönes Wetter. Warum gehst du nicht spazieren?«

»Ich kann nicht. Und so schön ist das Wetter auch wieder nicht. Es ist schon Herbst.«

»Warum solltest du nicht spazieren gehen können? Früher hast du das oft gemacht.«

»Früher ist nicht jetzt.«

Er setzt sich neben mich.

»Für uns ist es auch schwer, dich so zu sehen.«

»Ich weiß.«

»Gib dir doch mal 'nen Ruck!«

Ich will kreischen, ihn anschreien, er soll mir mal verraten, wie, dann werde ich mir einen so gewaltigen Ruck geben, dass mir sämtliche Knochen brechen. Aber ich sage etwas anderes.

»Es ist sieben. Jetzt kommen die Nachrichten.«

Fernseher einschalten: das perfekte Ablenkungsmanöver, um die Stille zu übertönen. Ein Präsident hat auf Twitter Obszönitäten von sich gegeben. Eine Läuferin hat einen Weltrekord gebrochen. Ein Baum wurde umgeweht, woraufhin ein schwerverletztes Kind abtransportiert und der Baum in Stücke zersägt wurde. Ich denke, was ich nicht denken will: Wäre ich doch bloß schwerverletzt. Dann könnte ich im Krankenhaus liegen. Ohne Fragen. Ohne Vater. Ohne obszöne Weltrekorde und Wurst. Mit Wunschnarkose und Sonde, wodurch sich Essen und Schlucken erübrigen.

»Schau, das Kind wird Monate brauchen, um sich zu erholen, manche Dinge wird es vielleicht nie wieder tun können. Denk doch mal daran.«

Eine Dreiviertelstunde lang warte ich darauf, dass er geht. Als er die Straße überquert, winke ich ihm zu. Er tut das Gleiche. Ich weiß, dass ihm die Tränen in den Augen stehen. Ich setze mich wieder und starre auf den Fernsehbildschirm. Ich will, dass er zurückkommt, sofort. Denn ich will nicht allein sein, allein mit diesem Kopf, den ich gleich, vor dem Schlafengehen, auf meinen Nachttisch stellen will, abgeschraubt und mundtot wie eine Maske, während mein Hals an meinem Kissen hinabgleitet und ich in etwas versinke, was als Schlaf herhalten muss.

11

»Wie beschreibt man etwas, dessen Kern aus Leere besteht?«

Er sieht mich mit geneigtem Kopf an, aus seinem Blick spricht sowohl Tadel als auch väterliche Besorgtheit. Dann legt er eine Pause ein. Ich zwinge mich zu einem Lächeln und beiße schnell in meine Käsekrokette. Die ist bestimmt aus der Tiefkühltruhe. Genau wie ich. Das Püree in meinem Inneren ist umgeben von einer Kruste, die den Schein einer festen Form wahrt.

»Das war keine rhetorische Frage«, sagt er schielend.

»Ich weiß«, antworte ich, den Mund voller Krokette, »aber ich hab so getan als ob.«

Wir lachen.

Tatsächlich: Wir lachen. Ein echtes Lachen, nicht so eins, bei dem ich meine Mundwinkel mechanisch in die richtige Position zwänge. Dieses Simulationslachen – außen Fröhlichkeit, innen Tränen – beherrsche ich inzwischen mit Bravour. Aber dieses Lachen, das zwischen uns über einem Cafétisch aus Holz schwebt, hat einen Klang. Ich hätte nie erwartet, dass mir ein so einfacher, menschlicher Vorgang Erleichterung verschaffen würde: Ich lache.

Schon seit fünf Monaten nehme ich Antidepressiva.

»Es wird zwei bis drei Wochen dauern, bis sie anfangen zu wirken«, hatte meine Hausärztin gesagt. »Am Anfang könntest du dich noch schlechter fühlen und sogar Selbstmordgedanken bekommen.«

Ach ja? dachte ich zynisch: Her damit! Schlimmer konnte es ja doch nicht mehr werden. Da ist eine von der Krankenkasse rückvergütete Schachtel Selbstmordgedanken auch egal.

Aber in den ersten Wochen fühlte ich mich nicht schlechter. Ebenso wenig sehnte ich mich danach, mich besser zu fühlen. Ich hatte Geduld. Es war wie beim Schreiben, auch da waren Zeit und Warten schon immer meine Verbündeten gewesen. Nach etwa zwei Wochen schienen meine Augen und Ohren langsam aufzutauen. Die Tabletten kratzten einen Zentimeter der Eisschicht auf meinen Sinnen weg.

Nach unserem Lachen entsteht eine neuerliche Pause. Sie stört nicht, sie betört. Es ist Sonntagabend, früher die verhassteste Zeit der Woche, weil ich meistens allein war; jetzt die schönste: Wieder habe ich sieben volle Tage an meine Existenz knüpfen können. Durch das Fenster sehe ich eine Gruppe rumlungernder Jungs vor der Brasserie stehen. Vor einem halben Jahr wäre ihre Anwesenheit an mir vorbeigegangen, aber gerade vorhin habe ich ihr Gespräch da draußen neugierig belauscht.

»Gehst du heut Abend zu Noras Party?«

»Nee, Alter. Ich bin noch vom Wochenende breit.«

»Wirst du von Wasser breit, oder was?«

»Ja, von Feuerwasser. So wie dein Vater. Wenn der

nachts in Sportsocken vor der Tür eurer Nachbarin um ne Nummer bettelt.«

Ich spüre die Schriftstellerin in mir wieder. Die stiehlt, was ihr gerade gelegen kommt: Eindrücke, Gerüche, Gesprächsfetzen. Eine Menge alberner Szenen, aus denen hoffentlich mal Theater wird. Ja, ich spüre die Schriftstellerin wieder, die Diebin. Die Textelster.

»Du hast meine Frage noch immer nicht beantwortet.«

Ich blicke auf. Sein Teller ist leer. Meiner noch nicht. Seit ich krank bin, esse ich langsamer. Seit ich krank bin, habe ich elf Kilo abgenommen. Ich spieße die letzten Salatreste auf meine Gabel.

»Weil es, *Monsieur*, eine schwierige Frage ist.«

Ich weiß, diese Anrede wird ihn zum Schmunzeln bringen. *Et voilà*, da ist es schon: dieses liebevolle Lächeln, Ausdruck unserer *Complicité*, wie es die Franzosen verschwörerisch nennen. Einst hatte ich den Mann vor mir noch mit »Herr« angesprochen, aber seit gut zehn Jahren nenne ich ihn beim Vornamen. Alle vier Monate gehen wir gemeinsam essen. Unsere Gespräche sind lang. Wir reden über Radrennsport und Literatur, und über die vielen Tagesmoden. Und auch mal über Kant und Beethoven (er: »van Beethoven!« ich: »von Kant!«), und wenn ich darauf bestehe auch über Rihanna.

Er erhebt sich, um zahlen zu gehen. Allein schon dadurch, dass sein Gesicht aus meinem Blickfeld verschwindet, verkrampft sich mein Magen: gleich wieder allein, gleich wieder an die Wand starren. Ein Bildschirm wird berührt, ein kleiner Drucker druckt, ein Bon wird abgerissen, die Rechnung bezahlt. Er kommt zurück. Sein Blick taucht wieder in meinem Blickfeld auf, und ich spüre, wie sich mein Bauch entspannt.

»Ich stelle dir noch eine letzte Frage: Wie setzt man etwas in Bewegung, dessen Kern eben Unbeweglichkeit ist?«

Wieder dieser geneigte Kopf. Wir denken diagonal.

»Sie stellen schwierige Fragen, Monsieur.«

»Sie weichen ihnen aus, Mademoiselle. Und du hast gelacht. Schon zum zweiten Mal.«

»Ja. Aber ich muss dich enttäuschen: Das heißt nicht, dass ich gleich fröhlich pfeifend heimfahren werde.«

»Ich weiß. Aber: Wie beschreibt man etwas, dessen Kern aus Leere besteht, und wie setzt man etwas in Bewegung, das sich durch Unbeweglichkeit auszeichnet? Denn da ist nicht nur die Apathie. Da ist auch der Sturm, der die ganze Zeit in dir rast. Der Gehirnorkan. Der Kopfsturm.«

Ich lächle.

»Also noch komplexer als Sie dachten, Monsieur.«

Vorhin habe ich ihm als Erstem erzählt, dass ich über die Depression schreiben will. Weil ich ihm vertraue. Weil er es dann, irgendwann, lesen wird. Weil ich weiß, er wird nicht vor der Axt zurückschrecken. Weil ich weiß, ich werde wütend auf ihn sein, wenn er schonungslos zuschlägt, und weil ich weiß, er wird diese Wut zulassen.

»Sag nichts, schreib die Antwort in dein Buch. Aber warum willst du über etwas schreiben, das dich wieder mit dem ganzen Schmerz konfrontiert?«

Ja. Warum?

12

Die Käsekrokette von gestern hat mir nicht gut getan. Es ist November. »Immer November, immer Regen, immer dieses leere Herz, immer«, dichtet J. C. Bloem. Seine Verse rattern mir schon den ganzen Tag durch den Kopf. Rattern: In dem einen Moment wirbeln mir die Gedanken manisch durch den Kopf, und im nächsten klicken sie nur monoton. Ein einziger Gedanke kann sich stundenlang wiederholen: etwa der PIN-Code meiner Bankkarte, die Anfangsmelodie einer Soap, der Name des Schmelzkäses, den ich nachher beim Einkaufen nicht vergessen darf. Oder, im besten Fall, ist es eine Verszeile, die der Wiederholung eine beschönigende Patina verleiht.

Rattern. Knattern. Klappern. So denkt meine Rübe, ja, meine *Rübe*, während ich am Fenster stehe und Passanten betrachte, die sich mühelos fortbewegen.

»Immer November, immer Regen, immer dieses leere Herz, immer.«

Es ist einer dieser Tage, an denen ich mich nicht dazu durchringen kann zu glauben, eine Leere könnte sich jemals wieder füllen. Ich habe nicht geduscht und trage schon den ganzen Tag einen Pyjama, den ich bereits letzte Woche hätte waschen sollen. Ich bin wieder zusammengesunken. Auch heute trage ich keinen BH. Ein Hängebusen wird die unumkehrbare Folge dieser Höllenfahrt sein.

Es ist nach acht und ich stehe am Fenster. Das ist alles, was ich heute geschafft habe. Ein Auto fährt vorbei, die Tür eines Ladens wird abgeschlossen, es regnet. Immer November, immer Regen, immer dieses leere Herz, immer. Wieder schleicht sich ein Gedanke in meinen Kopf, gegen den ich mich nicht mal wehre. Weil ich es doch nicht tun werde, dieses Versprechen habe ich mir selbst abgenommen.

Ich gehe in die Küche. Ein Glas Wasser füllt sich. Eine Schublade wird geöffnet. Ein Blick sucht. Ich ergreife das Gemüsemesser. Es schwebt über meinem rechten Handgelenk. Ich sehe, wie es herabsinkt und über meine Haut gleitet. »Vertikal, nicht horizontal schneiden«, habe ich gelesen.

Eine Lade wird geöffnet. Ein Gemüsemesser wird zurückgelegt. Solange es dieses Präzisionsinstrument gibt, gibt es Hoffnung – die Hoffnung, dass ich dem Schmerz auch ganz einfach selber ein Ende bereiten kann; dass wenigstens das noch in meiner Hand liegt.

»Immer November,
immer Regen,
immer dieses leere Herz,
immer«.

13

Es ist kalt, aber die Sonne scheint. Etwas schreit mir ins Ohr: »Sieh mal, da liegt das Glück! Da unten, wo alle mit einem Lächeln im Gesicht durch deine Straße gehen.« Während an meinem Fenster ein Tross Leute vorüberzieht, alle beschuht mit den gleichen weißen Turnschuhen, die gerade »in« sind, scrolle ich durch die sozialen Medien. Viele haben sich in den Weihnachtsferien in wärmere Gefilde begeben und wollen das allen zeigen. Die häufigste Statusmitteilung: *Room with a view*. Unendliche Landschaften und Meere. Ich sehe Schnappschüsse von grell gefärbten Cocktails, dahinter Schwimmbäder mit Flamingo-Attrappe umgeben von Sonnenanbetern, die alle die gleichen Fotos und Worte posten werden. Plastikenten, -krokodile, -pandas und -flamingos: Wir sind Tiere, die auf Tieren sitzen, und tief in mir drin wuchert noch immer die Pest.

Jetzt, wo ich meinen festen Aussichtsposten auf der Fensterbank verlassen habe und wieder auf dem Sofa sitze, sehe ich neben dem Fernseher meinen *View*: ein großes Porträt, das ein Freund von mir geschossen hat, er ist Fotograf. Ich hatte ihn auf eine Reise in den Iran begleitet, zusammen haben wir darüber ein Buch gemacht. Das Porträt zeigt einen Jungen, den mein Freund in Afghanistan kennengelernt hat. Jeden Tag begab sich der Junge mit seinen Freunden auf die Suche nach Landminen, die nach dem Krieg dort zurückgeblieben waren. Das Eisen brachte Geld ein, also riskierten die Jungs auf den Minenfeldern ihr Leben.

– Tut mir leid, Mehmet, sage ich und sehe ihm in die Augen. Ich weiß nicht, ob er Mehmet heißt, aber jetzt, wo wir uns täglich gegenübersitzen, spreche ich ihn lieber mit einem Namen an. Das Foto ist dunkel, nur Mehmets Gesicht und seine gehäkelte rotblaue Kopfbedeckung sind belichtet. In seinem Blick erkenne ich die Schüchternheit, aber auch den Vorwitz eines Jungen, der mehr wagt, als sein Alter vermuten lässt: auf kargem Boden sein Brot suchen, unter Lebensgefahr. Manchmal rede ich laut mit Mehmet. Er antwortet nie. Das macht nichts. Ich habe mich daran gewöhnt, mir selber beim Reden zuzuhören. Lebende Tote sind auch ohne Antwort zufrieden.

– Tut mir leid, Mehmet, du und dein Elend dort in Afghanistan.

– Tut mir leid, Mehmet, sorry, heute wird es endlich anders sein.

– Sorry, Mehmet. Heißt du eigentlich Mehmet?

– Mehmet, lebst du noch, während ich dir in die Augen schaue, oder vermoderst du schon unter der Erde wie deine Landminen?

Die Aussichtslosigkeit ist vielleicht das Schlimmste an einer Depression. Wenn man gesund ist, stellt man sich sein Leben wie eine Zeitachse vor. Linear. Logisch. Da ist heute – machen wir an der Stelle einen roten Punkt. Links davon ist gestern: die Erinnerungen, die einen ausmachen. Rechts von dem Punkt ist morgen: ein leeres Blatt, das man selber ausfüllen kann und darf. Man weiß, dass das Blatt beschrieben werden wird. Nächsten Mittwoch fährst du nach Efteling, nächstes Jahr stehst du auf dem Times Square in New York, in zwei Jahren wirst du eine Tochter zur Welt bringen, die Esmée heißt. Aber wenn es im Kopf rauscht, gibt es keine Vergangenheit und keine Zukunft mehr. Es gibt nur mehr heute. Es gibt nur mehr dieses Jetzt, das sich immer weiter wie ein Kreisel um die eigene Achse dreht. JetztJetztJetztJetztJetztJetzt, da capo.

Ich scrolle durch die endlose Zeitachse in den sozialen Medien. Noch mehr aufgeblasene Flamingos. Wer keinen hat, gehört nicht dazu. »Morgen müssen wir heim«, schreibt eine Userin unter dem Foto ihres Plastikvogels, »Leider, leider …«. In meinem Kopf entsteht ein zum Posten bereites Bild von mir in langer Hose und dickem Pulli vor einer typisch flämischen Fassade: »Morgen müssen wir wieder durch den Tag kommen. Leider, leider …«

JetztJetztJetztJetztJetztJetzt.

Der Kreisel dreht sich immer weiter, nonstop. Du weißt nicht, was du gestern gemacht hast, die Depression spielt deinem Gedächtnis Streiche. Du weißt nicht, was du morgen tun wirst, deine Füße auf den Boden stellen und nach den Schnürsenkeln greifen wird schon eine riesige Errungenschaft sein.

– Tut mir leid, Mehmet, tut mir leid.

14

»Nimm ihn! Nimm ihn!«
Ich höre wieder das aufgeregte Gekreische von meiner Schwester und mir, als wir noch klein waren, und ich sehe das Karussell, auf dem man auf einem Elefanten oder in einem Feuerwehrauto sitzend im Kreis fuhr und am Ende der Fahrt versuchte, den »Puschel« zu erwischen. Wem das gelang, durfte noch eine Gratisrunde fahren: »Jawolllll, liebe Kinderrrrr, jetzt geht's wieder losssss!« Wie glücklich ich doch war, als ich – ich muss ungefähr sechs gewesen sein und trug mein rotes Lieblingskleid – den Puschel erwischte. Ich saß auf einer knallgelben Ente und musste mich richtig weit strecken, um ranzukommen. Ich erinnere mich noch genau, wie meine Mutter klatschte und mein Vater, seine braungebrannten Beine in zu engen 80er-Jahre-Shorts, die Arme verschränkt, lächelte. »Hurra!« Ich hatte den Puschel erwischt und durfte noch eine Runde fahren. Stolz stieg ich von der Ente auf den Elefanten um. Ich wechselte von Gelb zu Grau.

Was wäre, wenn man als Erwachsener einmal im Leben den Puschel erwischen dürfte? Mit der Belohnung, sich ein neues Leben aussuchen und nochmal von vorn anfangen zu dürfen; gelber statt grauer. Würde dann alles schmerzfrei verlaufen? Sorglos, kontrolliert, gleichmäßig, flach? Oder würden wir dann wie Plastikflamingos nebeneinander herdümpeln: außen ein breites Grinsen, aber innen nur fahle Luft, die alles künstlich gespannt hält?

15

Ich sehe den Regentropfen dabei zu, wie sie am Fenster herabrinnen und sich auf schnörkeligen Pfaden immer weiter zusammenschließen. Unten angekommen, gleiten sie wie Riesentränen über die Fensterbank. Gemeinsam stürzt es sich besser in den Tod als allein. Ich liebe dieses Wetter: trüb, grau, grimmig. Dabei hatte ich immer erwartet, es würde umgekehrt sein: dass man sich nach Sonne und blauem Himmel sehnt, nach Offenheit. Aber nein, ich sehne mich nur danach, dass der Sommer möglichst schnell vorübergeht: Die Intensität des Lichts und die Fröhlichkeit aller, die sich nicht zu Hause einsperren, stehen in zu schmerzhaftem Kontrast zu meiner Lebenslage.

Dann lieber dieser Regen. Lieber diese Fensterbank. Lieber Blätter, die sich abrupt von dem Zweig verabschieden, an dem sie hingen. Lieber dieses Herbstwetter, das alles und jeden in seine Mattigkeit sperrt. Der Grund, warum ich Wolken dem klaren Himmel und Regen der Sonne vorziehe, ist banal: Wenn es draußen bedeckt ist, ist es einfacher zu sagen, dass man sich nicht gut fühlt, denn auch die anderen laufen dann melancholisch rum. Und wenn man dann rausgeht und einen Bekannten trifft (bitte nicht, bitte nicht), der einen fragt, wie es einem geht, kann man ihn mit einer abgedroschenen Phrase abspeisen: »Ach, wie soll's mir schon gehen bei diesem Wetter?«

Aber ich gehe nicht raus. Gerade eben habe ich meine Schuhe vor das Sofa gestellt und meine Füße reingesteckt, die Schnürsenkel aber nicht zugebunden. Wer weiß, vielleicht würden sie sich festkrallen und mich auf die Straße zerren. Zwei Stoff-Oktopusse, die Beute gefangen haben und einen Ort suchen, an dem sie mich öffentlich erniedrigen können: »Sie lebt! Sie lebt! Aber nur halb ...« Ich stehe noch immer am Fenster. Ich streife die Schuhe ab, schubse sie fort, immer weiter, raus aus dem Zimmer, und kehre dann zum Doppelglas zurück. Mit der flachen Hand klatsche ich darauf und sehe dabei zu, wie die Tropfen schneller nach unten rinnen, sich eilig einen Weg suchen, genauso launenhaft, wie ich mich selbst schon seit Wochen fallen lasse. Denn auch ich rinne in die Tiefe. Ich zwinge mich buchstäblich nieder, orchestriere meinen eigenen Fall: Ganz nach unten muss ich, immer tiefer, bis in die Versenkung.

Nicht auf den Teppich. Nein, auf den harten, kalten Boden, meinen neuen Freund. Ich lege mich auf den Rücken und habe keine Ahnung, wie oft ich hier noch liegen werde. An dieser Stelle, wo noch tiefer Fallen unmöglich ist. Der Boden ist die Untergrenze, der Nullpunkt meiner Angst. Und sie tut gut, diese Kälte, die mir bis in die Knochen fährt, diese Härte des Untergrunds. Es sind körperliche Empfindungen, die vorübergehend an die Stelle des anderen Schmerzes treten. Du bist ein lächerliches Kind, sage ich mir laut vor, LAUT, während ich in nichts als einem dünnen Pyjama auf dem Boden liege und vor Kälte zittere.

– Steh auf! Das kann doch nicht so schwer sein!

– Ich kann nicht. Lass mich in Ruhe.

– Du bist verrückt.

– Haha. Ja. Hahaha. Vielleicht, ja. Hipp, hipp, hurra!

Diesmal gewinnst du, Verstand. Ich stehe auf. Sehe wieder aus dem Fenster. Eine Frau mit einer poppigen Tragetasche geht vorbei. Sie trägt einen flotten Regenmantel. Sie scheint fröhlich zu sein, denn sie macht einen kleinen Hüpfer über eine lose Gehwegplatte. Sie holt ihr Handy aus der Manteltasche. Sie strahlt. Es wartet jemand auf sie. Ich will so gerne sie sein. Sie. Die so zufrieden aussieht. Mit der Welt, mit sich selbst, mit ihrem flotten Regenmantel.

Die Zeit krümmt sich, wenn der Kopf nicht mitmacht. Binnen zwei Sekunden ist es Mitternacht. Hätte ich die Kraft gehabt zu hüpfen, ich hätte es getan – ins Bett, in die Sicherheit und Wärme unter der Decke.

16

Am nächsten Tag geht um neun Uhr der Wecker. Der alte aus dem Haus meiner Eltern hatte mich mit seinem nervigen Gepiepse verrückt gemacht. Und schon seit Monaten schalte ich in der Nacht auch das Handy aus, weil mich schlaflose Momente sofort danach greifen lassen würden. Daher habe ich mir einen neuen Wecker mit zwei verschiedenen Weckzeiteinstellungen gekauft: eine für unter der Woche und eine für das Wochenende. Vor allem aber mit einer Licht- und Geräuschfunktion, die einen behutsam aus dem Schlaf holt. Das Licht imitiert den Sonnenaufgang, und bei dem Geräusch kann man zwischen Meeresrauschen und Vogelgesang wählen. Ich habe die Vögel genommen, denn seit alle Bäume hinter meiner Wohnung einem Seniorenwohnheim gewichen sind, fehlt mir ihr geschäftiges Zwitschern.

Auch heute Morgen kreischen meine Weckvögel immer lauter, ich setze mich also halb auf und stelle den Wecker ab. Dann warte ich auf das vertraute Geräusch von näher kommenden Tatzen, von Rachel: auf den leisen Trommelwirbel eines Haustiers, das das bevorstehende Aufwachen schon vor dem Wecker gespürt hat. Aber heute höre ich etwas anderes. Keine Katzenpfoten, sondern immer noch … Vögel. Ein Piepsen, Ächzen. Dumpf und unbestimmt. Ich drehe den Kopf zur Seite und horche. Vom Wecker kommt es nicht. Kann man, so wie man die Sonne noch sieht, wenn man zu lange reingeguckt hat, auch ein Geräusch noch weiter hören, wenn es schon verklungen ist? Ja, oder? Was höre ich sonst? Ich zupfe an meinem rechten Ohr, aus dem das Geräusch zu kommen scheint – nein, in das es dringt.

Ein Anflug von Panik erfasst mich, denn am meisten fürchte ich ein Leiden, das aus kontinuierlichem Rauschen und Piepen in den Ohren besteht: Tinnitus, oder »Nie mehr Stille« – ein Buchtitel. Manchen Betroffenen hilft es wohl, andauernd Radio zu hören, aber ich kann nur in Stille arbeiten. Tinnitus würde für mich das Ende meiner Schriftstellerkarriere bedeuten. Ich müsste Presslufthammermaschinistin werden, DJ oder Talkshow-Moderatorin. Ununterbrochen von Lärm umgeben, nein, ich selber müsste ununterbrochen Lärm machen.

Aber es ist kein Tinnitus, denn jetzt vernehme ich ein deutliches Rascheln, irgendwo zwischen dem Kleiderschrank und der Zimmerdecke. Oder im Inneren des Schranks. Ja. Mir schnürt sich die Kehle zusammen. Ekel in Form eines kurzen, gepressten Schreis zwängt sich aus meiner Kehle und treibt meinen Puls in die Höhe. Unmöglich, aber es ist so: Im Schrank muss etwas sein. Das Rascheln hört auf und jetzt höre ich Geflatter. Eine Motte, denke ich. Es wäre nicht das erste Mal, dass ich eine kinderhandtellergroße Motte entdecken würde. Eine mit Samtflügeln, die sich zwischen alten Klamotten und Spanplatten müde schwirrt. Bis auch dieses Schwirren aufhört und dann etwas rauscht. Nicht in, sondern außerhalb des Schranks. Da. Am Fußende meines Betts. Da sitzt ein Vogel, er streicht sich die Federn glatt.

Es ist eine Elster.

Sie sieht mich an.

Ich schließe die Augen. Öffne sie. Wieder zu. Nochmal. Und nochmal. Nein. Nein. Das kann nicht sein. Unmöglich.

»Soll das jetzt wirklich alles sein?«, fragt sie.

Jetzt ist es so weit: Da ist der Wahnsinn. Ich schaue in die Augen einer Elster, die mich etwas fragt.

Soll das jetzt wirklich alles sein? Ja, das ist alles, wirklich. Mehr ist da nicht. Stumm sitze ich da und starre auf einen glänzenden Schnabel. Das ist also das Ungeheuer in meinem Kopf?

17

Zu lange hatte ich gedacht, ich würde das schon alleine schaffen. Auf dem Boden. Im Bett. Im Boden. Auf dem Bett. Alles vollgepinkelt, wieder mal. Als ich zum ersten Mal zu meiner Hausärztin ging, sechs Wochen nach der Gartenliege voller Rotz und Tränen, lief sie sofort mit ausgebreiteten Armen auf mich zu. »Ach, Kindchen!« Ich brauchte nicht mal zu sagen, was los war: Mein abgemagerter Körper, mein gekrümmter Rücken und mein stumpfer Gesichtsausdruck sagten alles.

Ich erzählte meine Geschichte, die eigentlich keine Geschichte war. Zu dem Zeitpunkt noch nicht, denn es gab nur diesen Anfang: dass ich mich elend fühlte, oft wünschte, es gäbe mich gar nicht, und dass ich mich nur noch im Bett sicher fühlte. Dass ich Panikattacken hatte – Angst, einkaufen oder unter die Leute zu gehen, mit dem Zug zu fahren, dass aber das Schlimmste die Angst vor der Angst war.

Sie verschrieb mir ein Antidepressivum und ein Beruhigungsmittel, und wir redeten eine Stunde lang. Sie kannte mich, seit ich achtzehn war. Sie sagte, noch immer verdutzt, sie sei sehr erschrocken, vor allem wegen meines Blicks, der sonst immer so stechend gewesen war und um den sie mich oft beneidet hatte.

»Danke für das Kompliment.«

Mein Stolz fühlte sich matt an.

»Erwarte dir von Antidepressiva kein Wunder. Bis sie wirken, wird es zwei Wochen dauern, und es besteht die Möglichkeit, dass es dir in den ersten beiden Wochen sogar noch schlechter geht. Viele Patienten glauben, man wird dadurch einfach wieder glücklich, aber so funktionieren Antidepressiva nicht. Sie machen deine Gefühle weniger intensiv und schützen dich vor den größten Tiefs. Stell sie dir vor wie eine unsichtbare Rückenstütze, die verhindert, dass du ganz unten ankommst.«

»Da bin ich schon«, gab ich zurück.

»Die Tabletten werden dich aufrechthalten, aber vorwärts gehen musst du selber.«

»Wie meinst du das?«

»Die Tabletten können dich nicht heilen. Ich rate dir, zu einem Psychologen zu gehen. Oder vielleicht noch besser zu einem Psychiater. Und die zwei L: frische Luft und Laufen – Bewegung. Du bist eine fanatische Radfahrerin. Aufs Rennrad wirst du dich nicht gleich schwingen, aber spazieren gehen ist auch schon was.«

Ich durfte sie jederzeit anrufen, und sie würde sich auch regelmäßig nach meinem Zustand erkundigen. Wieder draußen, fühlte ich mich erleichtert. Ich hatte Tabletten, die mir helfen würden, und ab jetzt würde es nicht schlimmer, sondern besser werden. Außerdem hatte eine sachkundige Person bestätigt, dass ich krank war. Endlich, ich war krank!

Auf dem Fahrrad nach Hause kam ich mir vor wie Rihanna, die aus voller Kehle in den Wind heult:

»Shine bright like a diamond,
find light in the beautiful sea.«

18

Zu Hause sah ich mir die Schachtel Antidepressiva an, die mir die Ärztin verschrieben hatte. SEROXAT stand in grünen Buchstaben darauf. Das sollte mir also wieder auf die Beine helfen? Diese brave Schachtel, in der ein Beipackzettel alles nochmal trocken, buchhalterisch auflistete:

Seroxat wird zur Behandlung von Erwachsenen mit Depressionen und/oder Angststörungen angewendet. Die Angststörungen, die gewöhnlich mit Seroxat behandelt werden, sind: Zwangsstörung (wiederkehrende, zwanghafte Gedanken mit unkontrollierbarem Verhalten), Panikstörung (Panikattacken, einschließlich solcher, die durch Agoraphobie verursacht werden; Agoraphobie ist dieAngst vor öffentlichen Plätzen), soziale Angststörung (Angst vor oder Vermeidung von sozialen Situationen), posttraumatische Belastungsstörung (Angst verursacht durch ein traumatisches Ereignis) und generalisierte Angststörung (allgemeines sehr ängstliches oder nervöses Gefühl).

Alles kam mir zutreffend vor, als hätte jemand meinen Geisteszustand beschrieben. Nach dem kalten

Boden hatte ich jetzt also diese ovalen Tabletten, auf denen eine Anzahl Milligramm und der Markenname eingraviert waren. Denn das ist Seroxat, ein Markenname, ein Alias. Die eigentliche Arbeit macht Paroxetin, eine Substanz mit einem hypnotisierenden wissenschaftlichen Namen: (3S,4R)-3-(1,3-Benzodioxol-5-yloxymethyl)-4-(4-fluorphenyl)piperidin, oder in der Molekülformel: C19H20FNO3. Es fühlte sich seltsam an, ein zusammengepresstes Pulver mit so vielen Identitäten in meinen Körper zu lassen. Aber offenbar wollte mein Gehirn genau das. Nach ein wenig Internetrecherche konnte ich mir das Molekül ansehen, es mit dem Mauszeiger festhalten und herumdrehen: Es sah aus wie eine Aneinanderreihung von Stäbchen und Kügelchen, oder wie eine bunte Hüpfburg. Dieser zusammengefaltete Atomstrick sollte also mein Gemüt beruhigen. Es sah aus wie Magie mit einem sehr langen Zauberspruch.

Also los, worauf wartest du! Mit zittrigen Fingern legte ich mir ein weißes Oval auf die Zunge und schluckte es. In Gedanken folgte ich ihm ins Dunkel meines Körpers: von der Speiseröhre in den Magen, die Leber, den Blutstrom, vom Herz in die Schlagader, ins Hirn, in den Verstand. Noch lieber hätte ich mir die Tabletten gleich durch die Nase in den Kopf gestopft, aber sie mussten einen Umweg nehmen. Ab dem Moment war ich ein chemisches Wesen, den Gesetzen von Verdauung, Enzymreaktionen und Bluttransport unterworfen.

Ich vertraute auf diesen wundersamen Wandel, der sich in mir vollziehen sollte: Etwas Unansehnliches, das in mich hinein drang, würde es mir erlauben, wieder hinauszugehen. Bloß kam mir dieser Schritt nach draußen so vor, als müsste ich einen Schritt auf dem Mond machen. Einen unnatürlichen Sprung in einer kaum erträglichen Umgebung, denn auch mein Blick war durch die Depression zu etwas Molekülhaftem geworden: Empfindlich und mikroskopisch war er, und er funktionierte nur in der Abgeschlossenheit meiner Wohnung, diesem zimmerbreiten Aquarium. Mehr als am Fenster stehen und hinausspähen konnte ich nicht. An die frische Luft gehen war für mich wie durch ein Fernrohr gucken: die Dinge wie ein Fisch hinter Glas beäugen und abtasten.

19

Früher ging Aufstehen so: Um acht Uhr morgens (immer pünktlich) die Bettdecke zur Seite schlagen und nach Dusche und Frühstück sofort mit dem Schreiben anfangen. Ich war nun mal eine Himmelsstürmerin. Zugleich Verkörperung und Pastiche der »Schriftstellerin«. Eine, die sich beweisen wollte, sich selbst gegenüber, aber vor allem gegenüber dem stets nagenden Selbstvorwurf, sie wäre faul, obwohl das gar nicht den Tatsachen entsprach. Acht Bücher binnen zehn Jahren, eine Kolumne in Zeitung und Zeitschrift, unterschiedliche Online-Aufträge. Ich musste nicht arbeiten, ich durfte schreiben, und Disziplin ging über alles.

In regelmäßigen Abständen wurde dabei etwas an die Wand geknallt: ein Bleistift, ein Brillenetui, eine Mousepad, ein Rührei-Sandwich. Denn wenn die Worte nicht taten, was von ihnen verlangt wurde, und sie sich verselbstständigten, begann der Kampf. Aus Schreiben wurde Arbeiten, ein heftiges Ringen, um fortgaloppierende Buchstaben zu zähmen, sie zu biegen, hin zur Idee, Pointe, Bedeutung. Manche Absätze waren Pinselstriche, andere Schlachtfelder, in denen Kommata und Großbuchstaben um jeden Millimeter Weiß kämpften. Aber in diesem Zustand des Schreibens und Knallens war ich ich selbst, und genau das hatte ich mir immer gewünscht.

Und genau davor waren die Menschen in meiner Umgebung immer zurückgeschreckt. Denn sie wollten Sicherheit in meinem Leben sehen. Einen Lohn. Einen Lohnzettel. Einen Tagesablauf. Einen Lebenslauf, der einen wohlüberlegten Bogen beschreiben würde. Wenn ihre Wünsche die Besatzungsmacht waren, so war meine Arbeit der Widerstand. Schreiben bedeutete mit Worten boxen – es war Traum, Arbeit und Auflehnung in einem.

So ging das früher. So ging es jetzt kaum noch.

20

Die Depression äußerte sich nicht nur in weitläufiger Verzweiflung, sondern auch in flüchtigen Hoffnungsmomenten: unangebracht, aber spürbar. Warum gab es sie? Weil man als Mensch, als denkendes Tier, zur Hoffnung verdammt ist und sich deshalb sklavisch von Irrlicht zu Irrlicht quälen muss, wie ein Sträfling? Immer und immer wieder erlag ich der Verführung seltsamer Wahnvorstellungen, nur um im nächsten Augenblick einen Dämpfer zu kassieren – eine Zurechtweisung als Draufgabe zur Depression, oder besser gesagt als *Dreingabe*: Angst innerhalb der Angst, Schmerz innerhalb des Schmerzes. Meine Hoffnung äußerte sich in zwanghaften Erinnerungen an die, die ich gewesen war und die ich wieder werden wollte. Schlussendlich kristallisierte sich aus dieser Hoffnung eine Fahrradinstallation, die mich zu meinem früheren Ich zurückbringen sollte. Es war ein notwendiges und zugleich wahnsinniges Konstrukt. Mein kranker Kopf lenkte meine Hände, die sich mit ihrem Gefummel dem Kopf fügten.

Es begann ganz unschuldig. Mit dem roten Trek-Rennrad, das ich mir kaufte, als mein Vater in dem unansehnlichen Dorf Marialoop ein E-Bike abholte; einer der Verkäufer dort war noch im Team der Radrennlegende Eddy Planckaert gefahren. Während das Rad meines Vaters in der Garage hinter dem Laden eingestellt wurde, schlenderte ich – Fahrradnärrin seit dem neunzehnten Lebensjahr – in den Verkaufsraum. Da hing ein mattrotes Rennrad, so eins, wie es die Rennfahrer in der Tour de France fuhren. »Kauf mich!«, rief es. Eine Aufforderung mit Folgen, denn meine Impulsivität erledigte den Rest. Ich berührte das Fahrrad, strich über seinen matten Rahmen, ergriff die weißen Klickpedale und ließ die Hand über den Lenker gleiten. Ich war die Hauptdarstellerin in einem Fahrradporno. Als sie meine erröteten Wangen sah, wusste die Verkäuferin sofort, was los war.

»Schönes Gefährt, ne?«

»Oje, noch nicht!«

Diese Schönheit hatte ihren Preis, schwindelerregend hoch für eine Amateurfahrerin, die beruflich nicht mehr tat als schreiben. Dennoch befand sich das Fahrrad eine Woche später in meinem Besitz. Begeistert gab ich ihm einen Ehrenplatz vor meinem Bücherregal – eine Radscheibe rollte vor Guido Gezelles Mund.

21

Genau dort steht es noch immer, als ich neun Monate später benommen vom Sofa aus auf das Bücherregal starre – voller Romane, die ich nicht zu lesen vermag. Das Einzige, was sich irgendwie durch die Stumpfheit zwängt, ist der bizarre Einfall, das Rennrad mit persönlichen Gegenständen zu schmücken: Objekte daran zu befestigen, die mich an all das erinnern, was ich vor dem Einsetzen der Krankheit am meisten geliebt habe. Das stehende Rennrad soll zum Schrein meiner Vergangenheit werden.

So dringend suche ich meine kaum noch spürbare Vorgeschichte, dass ich prompt hochschnelle, um meine Installation aufzubauen. Auf die Lenkstange lege ich »Tschip« von Willem Elsschot: Es ist eines meiner Lieblingsbücher und unverzichtbar, kein Altar kommt ohne Bibel aus. An den Lenkervorbau hänge ich eine der vielen Dutzend im Laufe der Jahre gesammelten Badeenten – das Resultat einer unerklärlichen Schwäche für grellfarbiges Plastik und kindliche Formgebung. An die Klickpedale hänge ich meine Wanderschuhe, auf den Sattel klebe ich ein aus der Zeitung ausgeschnittenes Netflix-Logo, in den Flaschenhalter schiebe ich ein zusammengerolltes Blatt Papier mit einer Schnur und einem Kugelschreiber daran.

Dann trete ich ein paar Schritte zurück. Wenn mich mein irres Hirn vergessen lässt, wer ich bin, brauche ich nur diese Installation zu betrachten, und ich weiß es wieder: Lesen und Schreiben haben dich glücklich gemacht, und Radfahren und Wandern, Serien Gucken und Baden. Dieses geschmückte Fahrrad, *c'est toi* – das bist du. Pardon, *c'était toi* – das warst du.

Kaum ist die Entladung vorbei, baut sich die Spannung auch schon wieder auf. Als würde mich eine Gasblase von innen abtasten, um jeden Hohlraum in mir mit Kohlenmonoxid zu füllen. Ich muss zurück aufs Sofa, wieder sitzen, wieder an all das denken, was dem unaufhörlichen Druck von innen vielleicht ein bisschen Widerstand bieten kann. Ich drehe mich um, doch ein kurzer Blick genügt. Das kann nicht wahr sein.

Nein.

Nein.

Nicht schon wieder.

Nicht jetzt.

Ich kann nicht.

Zwei Krallen umfassen das Kissen der Sofalehne, als klammerten sie sich um meinen Brustkorb. Ich spüre, wie sich die Dunkelheit aus meinem Kopf in die Magengrube verlagert.

Ich kann das nicht.

Aber ich muss.

Es ist die Elster. Da sitzt sie. Sieht mich an. Ich mache »Kssssssssch«, um sie zu vertreiben, aber das Geräusch macht alles nur noch wirklicher – der Traum hatte sich im Schweigen verschanzt, jetzt habe ich es selbst gebrochen. Die Elster wippt kurz auf und ab und starrt mich unverwandt an. »Schäckschäckschäck«, klappert sie mit dem Schnabel.

Sie tanzt, denke ich.

Ich bin verrückt, denke ich.

»Weißt du noch immer nicht, warum ich hier bin?«

Sie spricht. Jetzt bin ich eine Verrückte. Die verrückte Besitzerin eines Fahrradaltars. Aber was macht eine Verrückte mit einer sprechenden Elster? Sie mit einem Kugelschreiber von der Lehne schießen? Sie mit einer Badeente bewusstlos schlagen? Dann eben antworten:

»Nein.«

»Nein? Denk doch mal nach. Und setz dich zu mir.«

»Nein.«

Sie krächzt wieder. Ärgerlich.

»Komm her, ich werde es dir erklären, im Denken bist du im Moment ja nicht gerade die Stärkste.«

Ich setze mich neben sie. Panisch. Sie sieht es.

»Woher diese Angst? Ich bin doch nur ein Vogel.«

»Ja, genau, ein Vogel. Der in meiner Wohnung sitzt. Auf meinem Kissen. Und spricht. Was sonst?!«

»Schäck! Das sage ich doch, denk nach! In deinem Kopf steckt eine Geschichte über eine Elster. Deine Großmutter hat sie dir erzählt, weißt du noch?«

Die vollkommene Absurdität dieses Gesprächs lässt meinen Kopf schwirren, trotzdem versuche ich, mich an die Geschichte zu erinnern. Meine Großmutter starb, als ich vierzehn war, und doch war meine Zeit mit ihr fast wie ein ganzes Leben. Als ihr Haus auf dem Lande enteignet wurde, blieb ihr nichts anderes übrig, als in ein Seniorenwohnheim zu ziehen. Statt auf ihre sieben Kopfweiden, ihre Felder und Wiesen hatte sie plötzlich Blick auf eine schmale Gasse. Vielleicht erzählte sie mir deshalb so oft Geschichten über das Haus, in dem sie neun Kinder großgezogen hatte. Dieses Erzählen war ein Mittel, mit dem Verlust umzugehen und ihr verschwundenes Haus wieder auferstehen zu lassen.

Ich grabe tiefer in meiner Erinnerung. Eine Elster. Ja. Sie hatte es mir erzählt: wie sie sich an einem Sommernachmittag unter den Nussbaum gesetzt hatte, um achtzehn Kinderstrümpfe zu stopfen – sechs Mädchen- und zwölf Jungenstrümpfe. Um sich vor der Sonne zu schützen, hatte sie sich ein Geschirrtuch um den Kopf gebunden, auch später tat sie das noch oft. Ihr Armband aus *Perlefines*-Perlen, »eh keine echten« – hatte sie auf den Schemel gelegt, den sie heranzog, wenn ihre Füße vor Hitze anschwollen.

In dem Nussbaum balgten sich die Vögel. Nichts liebte sie so sehr wie die Geräusche der Natur: raschelnde Baumkronen, vom Sturmwind aufgepeitschte Zweige, ein in der Nähe einschlagender Blitz, eine zufällig auf den Hintern einer Katze fallende Kastanie. Die Natur war ein Radio und meine Oma eine fein abgestimmte Antenne.

Genauso groß wie ihre Konzentration beim Stopfen der Strümpfe war, war auch ihr Schreck, als ein Vogel aus dem Baum fiel, auf dem Schemel aufsetzte und, so schnell er gekommen war, wieder hochstob, steil nach oben, das schimmernde Armband meiner Großmutter im Schnabel.

»Du erinnerst dich.«

»Woher weißt du das?«

»Ich weiß sogar, was das geringste Flackern in deinen Augen bedeutet.«

»Was denn? Du bist also die Elster meiner Großmutter?«

»Schäckschäckschäck! Das ist ewig lang her: Wie viele Menschen, so viele Elstern. Aber wir haben uns nicht verändert. Vergiss die Lüge, wir würden keine glänzenden Gegenstände stehlen, damit verbergt ihr nur eure Angst. Schäck! Ja, eure Angst. Vor unserer Freiheit, unserem Mut. Davor, wie wir euch durchschauen. Hör zu, wir stehlen Sachen, schimmernde Sachen: Schlüsselbünde, Glas, Juwelen, alles, was funkelt.«

»Aber was hab ich damit zu tun? Hier gibt es keine Juwelen, kein Glas. Hier ist nichts! *Ein* Schlüssel, ja, kein Bund. Willst du den …? Entschuldige, aber ich hab nicht die Kraft für sowas. Ich bin verrückt.«

»Du bist nicht verrückt, du bist naiv. Und das ist wirklich rührend. Hör zu, du hast Gedanken. Brillante. Und, sorry, aber sie sind so leicht zu stehlen, als würdest du ohne Schutzschild herumlaufen. Schäckschäck! Du musst das so sehen: Du bist Teil einer kleinen Gruppe von Träumern, Fantasten, Erzählern, von Köpfen, die manchmal Wahrheit und Lüge nicht auseinanderhalten können – ihr produziert Glanzstücke, wenn man so will. Euren Köpfen können, nein, dürfen Elstern nicht widerstehen. *Darum* bin ich hier. Bei dir. Denn ich folge dir schon lange, schon seit du ein Kind bist: Stundenlang hast du im Garten geschaukelt, tief in Gedanken versunken, verträumt. Hast du mich da denn nie bemerkt? Auf dem Dach, in den

Blumen, neben dir, auf dem Schaukelsitz? Ich habe gleich gesehen, dass du etwas Besonderes bist. Etwas Besonderes für mich. Und ich habe gewartet; gewartet, bis ich endlich kosten konnte. Von deinen Gedanken, deinen Träumen, deinen Ambitionen, deinen Hirngespinsten.«

»Das ist es also? So simpel ist das? Hey Leute, ich bin nicht verrückt, ich hab 'ne Elster. Schöne Erklärung.«

»Schäckschäckschäck! Ich hatte Vertrauen in dich. In das, was du werden, was du tun würdest. Und ich habe Geduld bewiesen, über Jahre, bei Hitze und Kälte. Bis du reif dafür warst, bis da oben etwas schimmerte.«

»Ich bitte dich, hör auf! Vertrauen? Ein Parasit, ja, ein Schmarotzer bist du. Seit wann ist das schon im Gange?«

»Ne Zeitlang.«

»Ne Zeitlang? Das ist deine Antwort? Und wie lange soll das noch dauern?«

»Schäckschäck! Auch noch ne Zeitlang. Ja, ne Zeitlang. Hör zu, zerbrich dir nicht den Kopf darüber. So wie es ist, ist es gut, es konnte nicht anders kommen. Nochmal: Du bist nicht verrückt, du bist naiv. Und das ist rührend. Wir gehören zusammen, du und ich. Betrachte es also als ein Privileg, ein ganz besonderes Miteinander. Und vor allem: Träum weiter, phantasiere weiter, erzähl weiter, glänz weiter! Und vergiss nicht, dass ich immer dabei sein werde. Schäckschäckschäck!«

Und mit einem Flügelschlag ist sie fort. Und ich gehe zu Boden. Besiegt in meiner sauerstofflosen Wohnung.

22

Als ich am nächsten Tag spät morgens aufwache und im Pyjama ins Wohnzimmer gehe, spüre ich wieder den kalten Boden unter den Füßen. Dann sehe ich, was ich am Vorabend getan habe. Vor meinem Bücherregal steht ein Rennrad, an dem Plunder hängt: das Resultat eines vorübergehenden Wahnsinns, einer weiteren Episode bedeutungsloser Hoffnung. Wie hat es so weit kommen können? Zu dieser beschämenden Lachnummer, die irgendwie Halt bieten soll? Eine Konstruktion zusammenschustern, die mich an bessere Zeiten erinnert, okay, bis hierher. Aber mich der kindischen Idee hingeben, es könnte jemals besser werden? Lächerlich. Ich trete das Fahrrad um und rutsche aus.

Falle aufs Steißbein.

»Verdammte Sch…«

Der halb verschwundene Knochen einer deprimierten Äffin.

23

»Aber woher kommt es, dass du depressiv geworden bist?«

»Das weiß ich nicht.«

»Aber es muss doch einen Grund geben?«

»Ich hab genug darüber gelesen, Mama. Es muss keinen Grund geben. Es kann Lebensmüdigkeit sein. Dafür braucht man keinen Grund.«

»Das glaube ich nicht. Du bist jung. Lebensmüde, och Mensch! Und überhaupt … es muss doch einen Grund geben?«

Schon unzählige Male habe ich dieses Gespräch mit meiner Mutter geführt, wir kreisen immer weiter voneinander weg. Dennoch verstehe ich, dass sie eine Antwort auf die Frage nach dem Warum haben will. Bekäme sie dafür nämlich eine einleuchtende Erklärung, würde das die Situation erträglicher machen, und mein Leid wäre weniger ihres.

Aber ich weiß es nicht, Mama. Wenn ich es wüsste, hättest du nicht sechs Kilo abgenommen, würdest du wieder öfter herumalbern; wenn ich es wüsste, würden wir sonntags wieder wie die Gänse schnattern, während du das Geschirr spülst und ich abtrockne.

Über die Ursachen für meinen Schwebezustand kann ich nur rätseln. Mein Verstand ist ein Irrgarten, und selbst wenn es einen Grund gibt, dann bin ich jetzt nicht dazu imstande, ihn zu erkennen, Mama. In den Monaten vor dem Beginn der Krankheit hat mich kein Ereignis umgehauen. Niemand ist gestorben, es gab keine großen Rückschläge, nichts, was ich bereuen würde. Alles war ein großer, vielleicht allzu großer, Normalzustand.

Es gibt da nur eine schmerzhafte Vermutung, die sich immer klarer abzeichnet. Eine Vermutung über den Grund von all dem hier, einen, den du vielleicht auch nachempfinden kannst, Mama. Ein Grund, der ebenso triftig wie alltäglich ist, greifbar und banal. Wenn ich ihn betrachte, ist alles klar, aber sobald ich darüber nachdenke, verschwimmt alles wieder. Wie ein Kiesel im Fluss: Von weitem sieht er rund aus, aber aus der Nähe hat er lauter Ecken und Furchen.

Mein Kiesel ist die Liebe, Mama. Die Liebe war's, sie liegt all dem hier zugrunde, sie hat mir das Genick gebrochen. Ich weiß, du weißt, was ich meine. Oder besser: wen. Dort muss der Keim von all dem hier liegen. Bloß macht mich die Frage kaputt, wie sie so sehr in mir hat wuchern können, Mama. Diese alte, unverdaute Liebe: stärker als ein Stauseedamm, tiefer und stiller als das Wasser dahinter.

24

Weißt du noch, mein Schatz, mein Panter, mein Spiegel, mein Wirbelwind, mein großer Schweiger, mein lauter Posauner, mein Chorknabe, mein Kamerad, mein Ebenbürtiger, mein Liebster – weißt du noch, wie es begann? Wie ich dich in der Bibliothek sitzen sah, während du über einem Buch von Martin Parr hingst, dem Fotografen, nach dem ich damals auch verrückt war? Weißt du noch, wie ich mich über deine bloßen Füße in den Schuhen wunderte, wo es draußen doch fror? Du saßt vornübergebeugt wie eine Skulptur. Du trugst einen blauen Schal. Beim Betrachten der Fotos lächeltest du verstohlen.

Ich hatte dich noch nie zuvor gesehen und tat, was man in romantischen Komödien für bare Münze nimmt: Ich stand auf und stellte mein Buch wieder ins Regal, obwohl ich eigentlich noch gar nicht mit dem Lesen fertig war. Ich schob laut meinen Stuhl zurück, in der Hoffnung, du würdest hochsehen. Ich stieß absichtlich an einen Tisch. Ich stolperte strategisch. Binnen zwölf Sekunden wurde aus der Charakterfrau ein seichtes Püppchen, aber meine gespielte

Ungeschicklichkeit funktionierte. Du sahst auf. Dein musternder Blick.

»Sorry«, sagte ich.

Und du: »Kein Problem.«

Du hattest graugrüne Augen, die mich komplett auseinandernahmen. Kein Problem, nimm mich auseinander, solang wir beide unzertrennlich bleiben.

Ich setzte mich hinter dich. Ohne Buch. An Liebe auf den ersten Blick hatte ich nie geglaubt. Aber Glaube ist ein göttliches Geschenk und hier kam plötzlich Gnade. Du standest auf und stecktest das Buch in deine Tasche, gingst nach draußen und setztest eine Mütze auf, die nicht zu deinem übrigen Outfit passte. Herrlich: eine Vogelscheuche, die englische Fotografen liebt. Einen Moment später folgte ich dir. Du fingertest an deinem Fahrradschloss herum. Ich war zu Fuß da. Es hatte wieder zu schneien begonnen.

»Pass auf«, sagtest du mit einem Lächeln, »dass ich dich nicht auflesen muss.«

Erst drei Monate später würde ich dich wiedersehen. In einer Kneipe. Es stellte sich heraus, dass wir gemeinsame Freunde hatten. Wir kamen ins Gespräch, waren beide verlegen, tranken ein Glas zu viel und fuhren dann jeder für sich in großen Schlangenlinien nach Hause. Wir ließen uns Zeit. Schufen Zeit: zum Abtasten, Schauen, Zuhören, gemeinsam Atmen. Zwischen uns wisperte Vertrautheit.

Und dann kam der Kuss, auf der Straße, unsere schrottigen Fahrräder lehnten wie stille Zeugen an einer Mauer. Auf der anderen Straßenseite war ein Festsaal. Aus den Lautsprechern schallte der Sommerhit des Zauberjahres 2000.

»Hast du die Nummer bestellt?«, fragtest du – während deine Hand langsam über meinen nackten Rücken glitt.

Von da an gab es acht Jahre lang nur dich, uns, wir.

Wie wir uns gegenseitig verrückt machten. Von Liebestollheit bis zum Aus-der-Haut-Fahren.

Wie ich deine Sportbeilage zerriss, weil du dir die traurige Geschichte einer guten Freundin nicht anhörtest.

Wie ich dich im nächsten Augenblick aus Reue so lang abknutschte, dass ich mich dafür entschuldigen musste.

Wie wir, spärlich bekleidet, auf der Terrasse Kräuter pflanzten und es erst am schwülen Sommerabend schafften, sie zu gießen. Die Zwischenzeit hatten wir mit Uns-Umschlingen, Beißen, Sex verspielt.

Nach acht Jahren Übereinander-Taumeln lagen wir schluchzend auf einem Bett. Verschlungen in einem falschen Knoten, denn wir wussten, das war das letzte Mal gewesen. Oder vielleicht nicht? Würden wir nicht vielleicht doch noch einmal? Nein, nicht noch einmal. Nie mehr. Wir überließen das »Wieder« anderen. Besseren als uns.

Und so verschwandst du, während ich unter eine Glasglocke aus Stille glitt. Das Gras wurde blau und der Himmel grün. Die Welt hatte sich umgekehrt. Der Schmerz verzehrte mich über ein Jahr lang, er zerfraß mich, dämmerte aber auch weg. Mit jedem weiteren Tag wurdest du immer mehr zu einem Echo aus der Vergangenheit. Es ging dir gut, hörte ich. Zwei Jahre später hattest du eine neue Freundin. Du hast geheiratet. Bekamst einen Sohn. Über die großen Ereignisse in deinem Leben hielten mich Bekannte auf dem Laufenden – vielleicht galt das Gleiche auch umgekehrt. Jedenfalls ging es dir gut, und das machte mich glücklich. Ich liebte dich, ohne dich noch zu begehren oder dich entsetzlich zu vermissen. Ich liebte dich als den, der du für mich gewesen warst. Weil du eine glückliche, klügere und schönere Frau aus mir gemacht hattest.

Du tatest das, was alle taten und gründetest eine Familie. Damit widerlegtest du, was du früher immer störrisch behauptet hattest: Heiraten und Kinderkriegen wären nicht für dich bestimmt. Äh, doch.

Und ich – ich stürzte mich in die Arbeit, um zu vergessen. Ich schrieb: manisch, fanatisch, uferlos. Ein Jahr kein Buch herausgebracht, bedeutete ein Jahr vergeudet. Meine neue Existenz bestand aus Buchstaben. Ich verschrieb mich dem Wort, um zu verbergen, wie sehr du mir fehltest, um mich einzulullen. Ich weiß nicht, ob du meine Bücher gelesen hast. Ich glaube nicht. Ich wollte es auch gar nicht wissen.

Meine Bücherserie endete Anfang 2017. Ideen für eine Fortsetzung gab es zuhauf, aber ich verstummte. Langsam entstand in der Glasglocke ein Vakuum. Ich schrieb nicht mehr und zog mich in meinen Kopf zurück. Ich *moonwalkte* auf meine Vergangenheit zu. Dorthin, wo sich eine Art Trauer verbarg, die sich meinem Bewusstsein jetzt aufdrang wie ein Schlag auf einen Amboss. Es war eine Tristesse aus angehäufter Abwesenheit – aus Trauer um dich. Die Vergangenheit fing an, die Gegenwart zu zerfressen und ich radelte schutzlos in den Abgrund.

Ex, exer, Elster.

25

Mehr als zehn Jahre nach unserer Trennung, an einem Montagabend im Februar, erschien dein Name auf dem Bildschirm meines Telefons. Ich erschrak und dachte sofort an das Schlimmste, so wie damals, als wir noch ein Paar waren. War etwas passiert? Dir? Deinen Eltern? Deiner Familie? Deine Stimme setzte sich in meinem Ohr fest.

»Hallo, ich bin's. Lange her, was? Entschuldige die Störung, aber ich musste dich einfach anrufen. Störe ich?«

»Nein, nein, du störst nicht. Es ist nur so unerwartet, ist ja auch schon fünf Jahre … Sorry, rede einfach, du klingst noch immer gleich. Ich weiß nicht so recht –«

»Ich auch nicht. Entschuldige. Ich meine: nicht dass ich noch immer gleich klinge, sondern wegen der langen Sendepause. Aber wie geht's dir eigentlich? Ich hab gehört, nicht so gut. Also geht's dir nicht so gut?«

»Nein. Mir geht's nicht so gut, nein. Es geht mir –« Ich heule los. »Entschuldige, nicht gut.«

»Ja, das ist mir zu Ohren gekommen. Und nein, nicht entschuldigen, bitte. Entschuldigen musst du dich, wenn du mir die Sportzeitung aus der Hand reißt, okay? Nicht gut, hm? Noch immer Angst vorm Krankenwagen so wie früher? … Soll ich mal vorbeikommen?«

»Bist du denn in der Nähe?«

»Ja. Ich schlafe heute Nacht bei meinen Eltern. Geht es jetzt?«

»Ich weiß nicht, ob Vorbeikommen eine gute Idee ist.«

»Nein, ich auch nicht. Aber kann es dadurch noch schlimmer werden? Hör zu, ich komme vorbei und wir entscheiden das dann in der Tür.«

»Wann? Jetzt?«

»Nicht jetzt gleich. In zwei Stunden, so um acht?«

»Acht Uhr?«

»Ja, kommt das ungelegen? Lieber später oder doch lieber nicht?«

»Nein, nein, doch. Um acht ist gut. Aber ich sehe furchtbar aus. Mach draußen gleich mal alle Augen zu.«

»Blödsinn, ich komme. Die Wenigsten sehen gut aus, wenn sie krank sind.«

Du bist krank. Das hatte mir noch fast niemand in dieser Deutlichkeit gesagt.

»Okay. Aber du kommst nicht aus Mitleid, du schuldest mir nämlich gar nichts. Und ich hab auch kaum was zu sagen, und das Wenige ist hauptsächlich Gejammer.«

»Alles klar, kein Mitleid, viel Gejammer, super! Du kannst schon mal Kaffee kochen, und wenn du das Buch von Martin Parr noch findest, haben wir sicher was zu gucken. Und wenn wir schweigen, denke ich einfach an das Universum.«

Ich lächle, das Telefon kann das ja nicht verraten. Er und sein Weltall, immer noch.

»Danke, bis gleich.«

»Sehr gut. Bis gleich. Und hey: Da hab ich doch gerade ein ganz kleines Schmunzeln gehört.«

Fünf nach acht. Die Türglocke. Ich höre Füße über die Treppe in den zweiten Stock hopsen. Kein Lift. Also noch immer der gleiche Zappelphilipp. Ich öffne die Wohnungstür, und bevor ich den Beschluss fassen kann, sie wieder zu schließen, schwebt er herein.

»Menschenskindchen«, sagt er und wählt damit genau das richtige Wort und den richtigen Tonfall.

Seine Wärme umfängt mich, er hält mich fest. Meine Befangenheit hält keine zwei Sekunden stand. Ich kämpfe mit den Tränen.

Wir setzen uns aufs Sofa. Er in die eine Ecke, ich zwei Kissen weiter. Die Katze beansprucht seinen Schoß sofort für sich. Er kann nicht anders als zuhören, denn ich rede, quassle in einem fort. Die Nervosität schiebt den Schmerz an die Oberfläche. Minutenlang kippt alles Mögliche aus mir heraus, eine fragmentierte, unzusammenhängende Geschichte. Mit wie vielen Worten kann man über das Nichts sprechen? Offenbar mit massenhaft vielen. Aber jetzt ist es genug. Genug. Ich presse die Lippen aufeinander und schweige. Ich schweige und er schaut auf. Von der Katze hoch und sofort bis in mein Innerstes.

»Geht's?«

»Ja, ja, es geht schon. Entschuldige, ich konnte nicht aufhören. Jedenfalls gut, dass du nicht mehr bei mir bist, was würdest du jetzt mit mir anfangen? Ich bin verrückt geworden. Traurig und verrückt.«

»Das stimmt nicht, du bist nicht traurig. Du bist ratlos, und es tut weh, dich so zu sehen. Und ob du verrückt bist – das kann ein zweiter Verrückter unmöglich beurteilen. Vielleicht sind wir beide ja doch normal.«

»Ja, wer weiß. So wie alle anderen. Nur das mit dem Lächeln muss ich noch üben.«

»Nimmst du was ein?«

»Ein Antidepressivum. Ziemlich heftig.«

»Sehr gut, so ist's recht. Wenn das Hirn Kekse braucht, soll es Kekse haben.«

»Und auf den Rat meiner Ärztin gehe ich auch in die psychologische Beratung. Da passiert nicht viel. Tabletten und reden, das war's auch schon. Und warten.«

»Und hilft es?«

»Ich weiß nicht. Es fühlt sich noch immer so an, als wäre ich in Folie eingeschweißt, ich bin gut abgeschirmt, das ja, aber ich kriege kaum Luft.«

»Isst du genug? So dünn hab ich dich noch nie gesehen. Du siehst noch größer aus als früher – steht dir gar nicht schlecht. Äh, sorry, also du weißt, was ich meine. Stimmt die Chemie mit dem Psychologen? Hat er …«

»Sie.«

»Hat … sie dir angeraten, spazieren zu gehen, oder zu joggen? Angeblich …«

»Ja, ich weiß, angeblich. Ich kenne die Leier auswendig: frische Luft, laufen, labern und Seroxat schlucken. Alles mit L und scheiß-S. Aber es geht nicht. Ich hab keine Energie. Keine Lust. Die Luft ist raus, komplett.«

»Tut mir leid, ich hätte nichts sagen sollen. Meine Besserwisserei. Ich hatte nur gelesen, dass das mit dem Spazierengehen wirklich klappen könnte. Selbst wenn du nur bis zur anderen Straßenseite kommst. Vielleicht machst du Folgendes: jeden Tag eine Stufe weiter runter, bis du es in einem Monat ins Erdgeschoß schaffst. Dann bis zur Eingangstür. Dann machst du die Tür auf und stellst dir vor, der Rest der Welt ist auch nichts anderes als eine lange, flache Treppe.«

»Na klar, warum nicht? Einfach hops, raus auf die Straße und als Nächstes um die Erde. Hallo, hast du Augen im Kopf? Falls es dir noch nicht aufgefallen ist, hier nochmal Klartext: Ich. Habe. Angst.«

»Angst? Vor der Treppe?«

»Vor allem. Angst vor allem, und ja, ich weiß, das ist ganz schön viel. Vor leeren Plätzen. Vor vollen Plätzen. Vor der Stille. Vor dem Lärm voller Schulbusse oder auch einfach nur vor einem vorbeifahrenden Buggy. Vor Farben. Vor dem Geruch von Häusern. Vor Regen, der mir von viel zu hoch oben auf den Kopf fällt. Auch wenn ich es manchmal ganz gern hätte, dass es mir einfach in den Schädel rein regnet, oder hagelt, und dass da oben alles einfriert. Sagen wir mal zur Abkühlung – Schmerz gegen den Schmerz. Und da ist nicht nur diese Angst. Da ist auch die Angst vor der Angst, und die Angst vor der Angst vor der Angst. Jede Woche kommt so ungefähr eine weitere Schicht Panik dazu. Und wenn ich erstmal draußen bin, hab ich Schiss, dass ich nicht mehr vom Fleck komme. Dass mich die Wirklichkeit, die Welt erdrückt. Kannst du dir das vorstellen? Dass du zerquetscht wirst? Wie eine Feige, ein Pickel? Hattest du jemals das Gefühl, dass dir plötzlich alles um dich herum die Kehle zuschnürt, dass es deinen ganzen Körper umklammert? Als würde dir jemand einen Ast in die Luftröhre stopfen? Ich sterbe, wenn ich rausgehe, das Einzige, was mich am Leben hält, ist dieser Schutzbunker. Dieses Zimmer, dieser Boden, der mir den Rücken kühlt.«

Mit einem Ruck springt er auf, die Katze rumst auf den Boden und rennt davon.

»Wir gehen! Jetzt! Hopp, zusammen an die frische Luft. *Raus*! Oder hast du vor mir auch Angst?«

Mit dem Fuß fegt er meine Turnschuhe zu mir: zwei Höhlen auf Gummisohlen, in denen ich verschwinden muss, um mitzugehen. Das will ich nicht, aber ich kann nicht anders: Da ist jetzt kein »Ich«, das eine Wahl hat. Diese Höhlen sind meine einzige Rettung, mein Probier's-mal. Ich sehe ihn dastehen. Sein ganzes übriges Leben kann mir egal sein; dass er hier ist, ungeschickt, aber energisch, ist alles, was zählt. Seine Haltung ruft: »Mach!« – und ich mache. Die Schnürsenkel binden mich an die Welt und zusammen gehen wir raus. Wohl ist mir nicht dabei, aber meine Füße wissen genau, was sie zu tun haben: den einen wie geschmiert vor den anderen setzen, Ferse-Zehen-Ferse, Wagons machen auf einer Spielzeugeisenbahn.

Es funktioniert, ich gehe. Schritt für Schritt und flutsche über den Fußabtreter. Da ist die Bühne, die ich betreten muss: der Gehweg, die Straße mit den Straßenlaternen wie Profilscheinwerfer. Meine Verwunderung über die Banalität der zurückgelegten zwanzig Meter ist so groß, dass ich gar nicht bemerke, wie ungezwungen wir uns fortbewegen.

Es ist kalt, ich zittere. Ist das wegen ihm an meiner Seite? Weil sich die Welt schon seit einer halben Minute nicht mehr gegen mich wendet? Weil ich zum ersten Mal seit langem beim Sprechen wieder ein Fünkchen Freiheit spüre?

So wie früher stellt die Fragen auch jetzt er. Aber ich bremse ihn ein, mit einem Handzeichen. Eines will ich wissen.

»Wie geht es deinen Eltern?«

»Gut.«

»Gut?«

»Äh, ja. Gut.«

»Ist das noch immer deine Standardantwort, wenn ich frage, wie es jemandem geht?«

»Tja, was soll ich sagen.«

»Ziemlich gut?«

Die Unbeholfenheit des Ganzen ist lächerlich, aber ich habe nicht genug Energie, meine Mischung aus Gereiztheit und Rührung kenntlich zu machen. »Ziemlich gut« – Dann sag lieber gar nichts, denke ich, und ich begnüge mich mit einem hoffentlich sarkastisch genug hochgezogenen Mundwinkel.

Mein Wörterjunge, mein Sprachmensch: Was Emotionen angeht, bleibst du ein Brachland. Obwohl: Vielleicht ist »ziemlich gut« letztlich doch das Beste beider Welten – eine Antwort aus dem Zwischenraum zwischen Erschütterung und Ekstase. Komm, gehen wir dem von dir so rational bewohnten Universum entgegen, dann stelle ich keine Fragen mehr …

Im Gehen blasen wir Wölkchen in die Luft. Ich sehe Autos vorbeifahren, Fußgänger die Straße überqueren und Kneipengäste hinter den Fenstern ihre Biergläser austrinken. Der Rhythmus tut gut – dieses vergessene Wort überfällt mich ganz plötzlich. Bevor ich weiß, wie mir geschieht, ist eine Stunde um, und wir stehen wieder an meiner Haustür. Offenbar habe ich es verlernt, mich höflich zu verabschieden. Also dann verlegen herumgucken.

»Ähm, darf ich noch mal mit rauf? Ich hab meine Mütze vergessen.«

»Deine Mütze? Echt jetzt? Das klingt ein bisschen … Warte, ich hol sie dir.«

»Nein, nein, ich will nochmal kurz mit. Ich muss dich noch was fragen, geht das?«

»Okay, schon, aber nichts Tiefschürfendes. Ich hab mich gerade beruhigt, also nichts aufwirbeln, okay?«

»Ja, gut. Okay.«

Wieder gehen wir über den Fußabtreter, die Treppe hoch, durch die Wohnungstür. Das Gefühl hält an: eine verhaltene Heiterkeit, ein Körper, der sich zur Abwechslung nur mit Bewegen beschäftigt, funktionell und schmerzfrei, sodass die Gedanken schweifen können.

»Ich hätte eine kleine Herausforderung für dich, willst du sie hören?«

»Was hab ich gerade gesagt? Nichts aufwirbeln, oder? Ich will keine Mission, kein Ziel, keine Herausforderung. Bei dem Wort allein zieht sich mir schon alles zusammen. Lass also bitte … Nimm einfach deine Mütze. War super, dass du vorbeigekommen bist.«

»Entschuldige, schon wieder. Vergiss die Herausforderung. Falsches Wort. Wir nennen es anders. Einen Auftrag, eine Übung, einen Versuch. Ganz einfach, wirklich. Du schickst mir jeden Tag ein Foto, das du auf deinem Spaziergang gemacht hast. Egal wovon: einer Kuh, einem Gebäude, dem Himmel, *whatever.* Einfach nur ein Foto, das du nach deinem Spaziergang abschickst, ohne Erklärung, ohne Grund. Ein Foto, *klick*, mit dem wir weiter nichts machen.«

»Hmmm, klingt tatsächlich nicht sehr herausfordernd, eher ein bisschen doof.«

»Gut, dann mach einmal in deinem Leben etwas Doofes. So sehr fällt das jetzt auch nicht ins Gewicht. Also komm, keine Widerrede, bitte. Schick mir täglich ein doofes Foto und ich werde dich täglich um nichts Doofes mehr bitten. Glaub mir, es wird helfen. Ah, hopp, da ist sie ja.«

Er schnappt sich die Mütze vom Tisch und geht zur Tür.

»Ach ja, das wollte ich dir noch geben. Vielleicht klappt es ja irgendwann in nächster Zeit, es zu lesen, ich fand es mitreißend.«

Er legt mir ein dünnes Buch in die Hände, dann vollführen wir einen letzten, seltsamen Tanz und er poltert wieder hinunter. Die einzigen Zwei, die mich noch berühren können, kommen und gehen wie Geister. Mann und Vogel, Ex und Elster – Zwillinge des Zweifels. Oder ist der Zweifel gerade gut? Oder … Genug. Ab ins Bett. Unter die Decke. Wo die Katze hoffentlich wartet, um meine Ängste zu bannen.

26

»Gottverdammtemilliardenkacke.«

So hat mein Vater früher geflucht, mit meiner Schwester und mir hinten im Auto, während meine Mutter im kleinen Dorfsupermarkt einkaufen war und dabei viel länger ausblieb als erwartet. Es war ein ungeduldiger, aber kein wütender Fluch, denn damals konnte ich mir keine größere gegenseitige Zuneigung als die meiner Eltern vorstellen. Der Fluch war mir in Erinnerung geblieben, obwohl mein Vater energisch bestritt, diese Worte jemals in den Mund genommen zu haben. Die Lachfältchen um seine Augen verrieten das Gegenteil. An seinem Gesicht war abzulesen, dass er diese Verwünschung noch immer höchst gelungen fand. Zum stillen Genuss ab und zu.

»Gottverdammtemilliardenkacke.«

Der Fluch nach dem Aufwachen, als ich weder auf meinem Kissen noch unter der Decke das Buch finden kann. *Sein* Buch. Das Buch, das er mir gestern Abend gegeben hat. Es liegt auch nicht auf dem Schlafzimmerboden, im Gang oder auf dem Küchentisch, und auch nicht irgendwo aufgeschlagen mit einer schnarchenden Katze darauf wie ein streichelbarer Satzspiegel. Ein lauter Fluch mit einem Quäntchen Verzweiflung darin, denn das würde bedeuten, dass er gar nicht hier gewesen ist, dass sich die Hoffnung noch zynischer als zuvor getarnt hat. Das Buch zu finden, ist notwendig, denn es ist der einzige greifbare Beweis. Wie hat es ausgesehen? Grüner Umschlag? Nein, rot, mit einem klein gedruckten Titel. Oder nein, gelb, mit einem psychedelischen Foto … wovon nochmal? Natürlich: Ich habe das Buch in meiner unverhältnismäßigen Zerstreutheit bestimmt gleich ins Bücherregal gestellt, als Sträfling zu den anderen Sträflingen. Ein Streifzug entlang der Buchrücken beweist das Gegenteil. Alle sind noch genauso unberührt wie zuvor, monatelang angesammelter Staub unaufgewirbelt.

Das heißt.

Das heißt, wir sind nicht zusammen spazieren gegangen. Er hat mir nicht aufgetragen, jeden Tag ein Foto zu machen. Wir beide haben nicht übertrieben oft »gut« gesagt und er hat mir nicht vorgegaukelt, durch Bewegung an der frischen Luft würden sich meine Dämonen vertreiben lassen. Seine Dämonen.

Das heißt.

Das heißt, mein Kopf hat diese ganze Fantasie zusammengesponnen: seine Ticks, seine Worte, seinen leicht wippenden Gang, als wäre er ganz zufällig auf einem Planeten mit etwas zu wenig Schwerkraft gelandet; seine sanfte Bestimmtheit, sein Lauterwerden, sein lahmer Mützenvorwand. Sein guter Rat, der eigentlich mein eigener war – nichts als eine banale Überlebensstrategie aus meinem Selbsthilfekopf. Nein, Moment, der Kaffee! Ich eile in die Küche und sehe in der Spüle nach. Nein, auch hier nichts. Nur eine einzige Tasse: meine. Das heißt: kein Wörterjunge.

»Gottverdammtemilliardenkacke.«

Dass Träume geruchlos sind, das weiß ich; und dass ich darum wie eine dumme Kuh in jedem Zimmer rumschnüffle und mir nichts anderes in die Nase steigt als die Katze, der Abwasch und die WC-Ente. Hier hängt nicht der Duft seines Besuches in der Luft, sondern der Dunst einer Luftspiegelung. Mein eigenes Auge fordert Fotos. Mein eigenes Auge wird diese Fotos machen müssen. Ich bin Herausfordernde und Herausgeforderte in einem.

Das heißt.

Das heißt, ich muss raus an die frische Luft. Mich bewegen. Fotos machen. Fotos verschicken. An ihn. Nein, nicht an ihn. Er weiß doch von nichts? Vielleicht hat er inzwischen vierzehn Kilo zugenommen? Trägt einen falschen Bart und eine dicke, braune Brille, wie ein deutscher Detektiv. Trotzdem Fotos machen. Ja, guter Vorschlag, darauf habe ich wieder Lust. Nur das Spazierengehen wird schwer sein, zu schwer. Nein, Schluss jetzt! Nicht zu schwer, ein bisschen. Probier‘s, so wie er – ich – vorgeschlagen hat. Ein Schritt nach dem anderen, eine Stufe nach der anderen. Vorsichtig vorwärts wie eine Katze auf dem Gartenhausdach.

Endlich kapiere ich es. Kapiere, was sich gestern Nacht vor meinem inneren Auge abgespielt hat: ein erster, sonderbarer Versuch, mich aufzurappeln, mich zu erholen. Indem ich wieder hinschaue, die Kamera wieder klicken lasse. Die Fotos sind nicht der Zweck, sondern das Mittel: die Karotte, der ich hinterherlaufen muss. Wegen der Fotos, nein, für die Fotos muss ich raus, auf die Straße, in die Stadt. Herumschleichen und festhalten, darum geht es. Dass ich mich selbst auf diesem unsinnigen Umweg dazu überreden musste, bedeutet, irgendwo tief in mir drin keimt gerade etwas auf. Etwas Unansehnliches, das sich in diesem angeknacksten Körper, rund um diesen angeknacksten Geist, allmählich seinen Weg nach draußen sucht. Nach oben, ins Licht. Darum ging es in dem Traum: nicht um ihn, sondern um diesen Lichtblick – das kleine Loch in der Camera Obscura, das letzte Picken eines Schnabels durch ein Ei: pick pick.

Pick pick.

Mein Blick wandert hinaus. Auf die Terrasse, die Gartenliege, das Geländer. Das Geländer.

Pick pick.

Nein, unmöglich. Nicht schon wieder. Nicht nochmal. Oh doch, nochmal. Da sitzt die Elster. Meine Elster. Sie pickt mit der Seite ihres Schnabels an das Metall und sieht mich an. *Pick pick.* Es gibt kein Entrinnen. Ich öffne die Terrassentür.

»Du schon wieder?«

»Ja, ich schon wieder. Schäckschäck! Die Freude ist ganz meinerseits. Anscheinend hab ich mich letztes Mal nicht deutlich genug ausgedrückt. Du scheinst vergessen zu haben, dass ich immer in der Nähe bin, dass ich hier rumhänge und dir zusehe. Ich weiß nicht, ob wir alles nochmal durchgehen müssen, Gespräche dieser Art sind jedenfalls nicht der Sinn der Sache. Ich arbeite am liebsten in aller Stille.«

»Ja, einer Totenstille. So wie alle Diebe. Glaubst du, ich würde mich nach diesen Gesprächen sehnen? Dass ich Lust hätte auf unsere Schwätzchen? Ich überlebe mit Hilfe von Tränen und Tabletten, das Letzte, was ich brauche, ist ein Vogel, der mir sagt, was ich tun und lassen soll. Und was meinst du mit Stille? Oder dem Fehlen davon? Ich atme, und das war's. Ich bin die Stille in Person geworden. Ein Leerzeichen. Und deine Anwesenheit ist mir überaus bewusst, ich spüre dich: Wie du mich leer pickst, mich betäubst, mich in einen Schatten tauchst. Soll ich dich dabei noch anfeuern, ist es das? Brauchst du einen Pokal?«

»Schäckschäckschäck! Mund halten und zuhören! Hör diesmal gut zu, denn ich bringe das Wort kaum über den Schnabel: Ich sehe … Hoffnung bei dir. Schäck! Ja, Hoffnung. Und Erwartungen. Erwartungen, die dir langsam den Kopf verdrehen, die etwas bedeuten sollen. Eine Art Ausweg, was weiß ich. Gerade eben noch, von oben, habe ich in deinem Kopf etwas funkeln sehen. Es sah aus wie Wehmut, eine alte Sehnsucht. Beschäftigt dich eine tröstliche Erinnerung? Etwas Liebevolles? Ist das der Grund, warum du plötzlich Spaziergänge um den Häuserblock machen willst? Oder Fo… «

»Stopp! Stopp. Du wolltest doch Stille? Also dann, schweig. Und tu, was du tun musst: Häng rum, starr mich an, finde mich rührend und bestiehl mich. Ja, stiehl! Darum geht es dir doch, ums Räuber-Spielen, oder? Was war das noch gleich: Glas, Juwelen, Funkelsachen? Tja, die hab ich nicht. Und auch morgen und übermorgen nicht. Flieg zu einem Supermarkt oder pick was aus einem Glascontainer, Hauptsache, du lässt mich in Ruhe. Ich ertrage dich nicht in meinem Kopf, auch wenn ich dazu nichts zu sagen habe. Du siehst Hoffnung, Erwartungen? Ich sehe ein bodenloses, leeres Loch.«

»Schäckschäckschäck! Ich nicht in deinem Kopf? Du bist nicht ganz richtig im Kopf! Und nein, du hast nichts zu wollen, nichts zu bestimmen. Denn du bist noch immer ungeschützt da oben, ein offenes Buch.

Zum letzten Mal, es ist ganz einfach: Ich kann all deinen Träumen folgen – deinen Träumereien, deinen Wünschen und Sehnsüchten. Also vergiss früher. Und vergiss auch später. Denk nur an jetzt, besser kann ich es nicht erklären. Sitz still, ruh dich aus, lass alles an dir vorüberziehen, das ist für alle das Beste. Schäckschäck! Du schnappst dir Ideen und ich schnappe mir Schönheit. Ich stehle, was in deinem kranken Kopf noch glänzt, wenn auch nur vorübergehend. Wir beide sind Diebe und Diebe stehlen nicht voneinander. Wir leihen.«

Mit einer einzigen Bewegung gleitet sie zur Fensterbank. Durch die Scheibe wird sie von der regungslosen Rachel angestarrt: Die Sphinx behält den Dämon im Auge. Beide sind völlig bewegungslos. Dann fährt die Elster mit dem Schnabel über das Glas, auf der anderen Seite sitzt die Katze beharrlich auf der Lauer. Sie richtet beide Augen und ein Ohr auf den Vogel, das andere Ohr zeigt wie eine Satellitenschüssel zu mir. Die Katze fixiert den Vogel. Ihr Mäulchen steht offen. Minimal zuckende Muskeln scheinen für den Angriff zu üben. Damit ihr Miezeköpfchen verschont bleibt, öffne ich selbst abrupt das Fenster. Sofort kommt Bewegung in die Elster, und mit großen Flügelschlägen fliegt sie zu einem Sockel zwischen meiner Wohnung und dem Wohnheim dahinter. Die Überraschung ihres Fluges bewirkt einen Hauch von Erleichterung, auch wenn ich weiß, sie wird ihr Starren von dort drüben fortsetzen, verärgert und hungrig. Rachel legt sich hin und schläft ein. Ihre Ohren sind kleine Segel, die jedes von mir hingeblasene Wort in Schnurren übersetzen.

27

R-A-C-H-E-L, herzallerliebster Schatz, Katz meiner Träume. Dreißig Tage lang schlichst du ein und aus, bevor ich dein Fell mit einem Finger berühren durfte. Schlaftrunken saß ich auf einem Stuhl, wartete auf deine Pfoten, die, *trip-trap*, genauso schnell kamen, wie sie wieder verschwanden, *husch*!, rein und wusch!, wieder raus, eine Scheibe Brühwurst zwischen deinen rauen, rosa Lippen.

Rachel, Wunderkatze. Du kamst und zogst mich binnen einer Sekunde in deinen Bann. Nach sieben Monaten Liegen, Trauern, Weinen, Pissen, Kotzen, total platt auf diesem verschlissenen, kalten Boden, übernahmst du die Wache, auf der Terrasse Bröckchen schlingend, nah aber unnahbar, wochenlang. Nur mein Blick durfte ab und zu deine Aura kraulen. Bis du auf einmal in meine Küche kamst und dich entschlosst, da – jetzt hier – zu bleiben. Es war Mitte November. Mein Finger strich über dein Köpfchen, glitt unter dein Kinn, an deiner Flanke entlang, zu deinem Bauch. Du flüstertest meinen Namen, du resoniertest wie ein Himmelskörper. Schöne Schläferin, stolze Wächterin, voller Gnade schwebtest du in mein Leben. Du tröstetest, schnurrtest, fauchtest. Du schenktest mir eine halbe Grimasse, dann ein halbes Lächeln, dann eine lächerliche Art von Ekstase, einzig und allein, weil du die Schnur fingst, die ich, auf Knien unter dem Tisch, zu dir schwang.

R-A-C-H-E-L, die Rache in deinem Namen, die Versöhnung in deinem Gang. Du, die nach einer kleinen, süßen Herrlichkeit benannt bist: den mit Kokosflocken bestreuten Lieblingskeksen meiner Oma. Kratztier, Stinktier, Schmausetier, Schmusetier. Streune durch mein Herz, wirf dich in mein Leben. Du hast mich niedergetrampelt, und halfst mir dadurch, wieder aufzustehen. Komm her, kleines Scheusal, breit wedelndes Schwanztausendschönchen. Bleib bei mir, versteck dich, roll dich ein auf meinem Schoß und schlängle dich durch meine Träume.

Ah … *Rachelle ma belle*, beschütze mich vor der plattwalzenden Welt und lass mich endlich wieder ohne Nachdenken handeln.

28

Neun Monate lang hatte ich nun schon Tabletten genommen: morgens ein Antidepressivum und tagsüber ab und zu ein Beruhigungsmittel, wenn sich Panik ankündigte. Zwölfmal ging ich zur Psychologin, hörte dann aber damit auf, weil ich pro Einheit nur zehn Euro zurückerstattet bekam, und, so las ich zu meinem Entsetzen auf der Website der Krankenversicherung, pro Leben nur für vierundzwanzig Einheiten eine Rückerstattung erfolgt. So stand es da: *pro Leben.*

Ich durfte also noch ein einziges Mal depressiv werden. *Pro Leben.*

Da ich zu wenig verdiente, um für alles selbst aufzukommen, wechselte ich von der Psychologin zu einem Psychiater, denn merkwürdigerweise wurden die Stunden bei ihm sehr wohl größtenteils zurückerstattet. Warum Psychiater gegenüber Psychologen den Vorzug bekamen, blieb schleierhaft. Letztendlich bestimmte jedenfalls kaufmännisches Kalkül über meine geistige Gesundheit.

Zum Glück entpuppte sich der Psychiater als genau die Stütze, die ich brauchte. Anfangs sagte ich zu ihm noch »Doktor«, ein paar Monate später dann nannte ich ihn beim Vornamen. Er stellte unangenehme, aber notwendige Fragen: was ich der Mühe wert fände; was mich wütend mache, und warum; wer meine beste Freundin sei, und was unsere Verbindung so stark mache; wie sich die Beziehung zu meinen Eltern verändert habe, nachdem ich einen anderen Lebensweg eingeschlagen hatte als die meisten meiner Freunde. Die Antworten fanden sich nie von selbst. Immer öfter musste ich zu Hause weiter darüber nachdenken. Und schreiben.

Manchmal redeten wir über völlig andere Dinge als über meinen Zustand: über Literatur, die Nachrichten, über Katzen oder Radrennen. Es unterbrach die Heftigkeit unserer Sitzungen und half mir, mich wieder an normale Gespräche zu gewöhnen. Vor allem, weil er zu dem Zeitpunkt der Einzige war, mit dem ich mehr oder weniger entspannt plaudern konnte. Ich hatte ihm von meinem Ex erzählt, davon, dass ich es mir selbst jahrelang nicht erlaubt hatte, zu trauern. Dieses Geständnis verfehlte sein Ziel nicht, denn es führte unweigerlich zu der Frage, ob das, was ich meiner Mutter erzählt hatte, der Grund für meine Depression sein konnte.

»Ja. Ja, das kann schon sein. Trauer ist ein sehr starker Motor, für alle: tief innen drin und von außen oft nicht erkennbar. Wir möchten so gern Kraft ausstrahlen. Nur gibt es meistens mehrere Ursachen, und was nun genau die Krankheit ausgelöst hat, bleibt oft unklar. Alle möglichen Faktoren können sich anhäufen, manche greifbar und manche nicht, bis das ganze Gebilde plötzlich instabil wird und man umkippt. Wie sich das genau vollzieht, ist und bleibt rätselhaft, deshalb ist die Psychiatrie noch immer keine exakte Wissenschaft. Leider. Es ist so, wie du das Schreiben beschrieben hast, und deine Schwester und deine Freunde, die einen anderen Weg eingeschlagen haben; dass du dich dadurch immer mehr wie eine Außenseiterin gefühlt hast. Nun, alle diese Konflikte, all diese kleinen Irritationen und Enttäuschungen können eine Rolle gespielt haben. Glaub mir, jeder, der auf deinem Stuhl sitzt, will das Gleiche hören: was genau der Grund ist. Bloß, so einfach ist das nicht. Patienten sind … tja, kompliziert.«

»Aber gibt es denn immer eine Ursache? Kann der Grund für die Depression bei manchen auch unauffindbar sein?«

»Ja, das kommt vor, dafür gibt es sogar einen Ausdruck: ›endogene Depression‹. Dann entspringt die Krankheit einer Ursache im Körper, sie ist sozusagen angeboren, erblich. Man geht mit relativ großer Gewissheit davon aus, dass biochemische Störungen eine Rolle spielen: in der Leber oder in der Schilddrüse. Oder im Gehirn. Man kann sogar noch weiter gehen und fragen, ob nicht alle Depressionen körperlichen Ursprungs sind. Vor allem, wenn man auch Gedanken und Emotionen als Ausdruck innerer, physischer Prozesse betrachtet. Aber gut: Das sind Hypothesen. Wie ich schon sagte: Es ist keine exakte Wissenschaft.«

»Naja, du hast eine Geisteswissenschafterin vor dir: Unsicherheit gehört für mich zum Beruf.«

»Ach so, dann ist das etwas Anderes. Dann bist du schon halb geheilt!«

Wir lachen. Dann nimmt er, um wieder in seine Rolle als Psychiater zu wechseln, eine andere Haltung an und fährt fort: »Sieh mal, wichtiger als eine Liste mit Ursachen ist, genauer verstehen zu lernen, wer du bist – und was du willst. Wir müssen uns auf deine Zukunft konzentrieren, nicht irgendwo in weiter Ferne, sondern ganz in der Nähe. Darauf, wie du gesund werden und dich gegen die Krankheit wappnen kannst, sollte sie nochmal wiederkehren.«

»Wiederkehren? Ist das dein Ernst? Aber ich bin doch hier, damit das das letzte Mal bleibt. Echos sind was für Berge, oder? Und das hier ist ein Tal.«

»Sieh mal, es ist nicht so wie mit einer offenen Wunde, die man zunähen und versorgen kann. Eine Depression liegt unter der Haut und man bekommt sie nur schwer in den Griff. Sie schlummert, und deshalb müssen wir verhindern, dass sie wieder zu wuchern anfängt. Krebserkrankungen können erneut ausbrechen. Mit Depressionen ist es genau das Gleiche. Deshalb ist auch dein Ausdruck dafür, ›Kopfsturm‹, ganz treffend: Ein Sturm geht an Land, verwüstet dort alles, beruhigt sich wieder, aber zu einem späteren Zeitpunkt kann sich daraus genauso gut wieder ein neuer Sturm zusammenbrauen. Mit deinem Kopfsturm ist es dasselbe, er versucht, sich auszustreuen, um irgendwann neue Zentren zu bilden. Deshalb ist es unglaublich wichtig, die Warnzeichen zu erkennen und wieder zu Kräften zu kommen. Mit Hilfe von Medikamenten und diesen Gesprächen werden wir versuchen, einen Schutzbunker für dich zu bauen.«

Ja, mach das, gib mir einen Betonkopf, in dem es still ist. Nicht zu warm und nicht zu kalt, nicht zu hell und nicht zu dunkel. Mach mir einen schönen, dicken Schädel, in dem mir nie mehr etwas zu viel wird.

29

Pillen und Psychiater haben mich in meinen derzeitigen Zustand gebracht, Anfang Februar des ersten Jahres nach Beginn der Depression: Mein Kopf bekommt chemische Unterstützung und mein Psychiater hat mich gelehrt, die Depression zu befragen. Aber wie soll es nun weitergehen? In zwei Wochen habe ich Geburtstag und da ist diese zwingende, offene Schuld: Ich habe mir selbst versprochen, so rasch wie möglich wieder ohne Tabletten zu funktionieren. Mein Geburtstagsgeschenk soll ein halbstündiger Spaziergang sein. Eine erzwungene Gabe. Allein schon der Gedanke daran ruft Unruhe hervor, denn da draußen lauert das Monster. Aber es muss sein. In Gedanken überreiche ich mir selbst einen in Packpapier gewickelten Karton mit Sportschuhen für den kürzesten Wanderurlaub überhaupt: von der Haustür um die Ecke und nach einer Kehrtwende so schnell wie möglich auf gleichem Wege zurück – eine Wegekarte wird nicht nötig sein.

Aber warum warten?

»Stell dir vor, der Rest der Welt ist auch nichts anderes als eine lange, flache Treppe«, hatte er gesagt.

Nein, hatte ich gesagt. Geträumt. Also warum nicht? Warum noch einen Karton suchen, einpacken, verschnüren, warten? Ich weiß ohnehin, was drin ist, Angst oder keine Angst. Und es spart Packpapier. Also stehe ich auf und versuche es: mir die Stadt wie eine Treppe vorzustellen, wie eine unendlich lange Leiter mit herausfordernd viel Luft zwischen den Sprossen. Zögernd nehme ich mein Smartphone und ziehe mir den Hoodie über die Stirn. Und darüber noch die Kapuze meines Mantels, denn noch immer darf mich niemand sehen – mein Wackeln, mein Zittern. Beim Schließen der Wohnungstür beginnt das Treppenhaus um mich zu schwanken. Als würde ich kopfüber fallen und an der Wand entlang schleifen. Die Deckenleuchte zerbricht unter meinen Schuhen, der Fliesenboden scheuert mir über den Kopf. Aber ich schaffe es bis zur Eingangstür und gehe weiter, vermummt und ängstlich auf mein Geschenk zu.

Wohin geht man in einer Stadt, in der man jedes Haus und jeden Pfahl kennt, weil man schon seit sechsunddreißig Jahren dort wohnt? Am liebsten würde ich mich verlaufen, aber das lässt meine Vertrautheit mit diesen Straßen nicht zu. Also zum Stadtpark, dreihundert Meter von meiner Wohnung entfernt und mitten im Zentrum. Da hatte ich mal Sex gehabt, in den Büschen, mein Stöhnen unterdrückend. Da hatte ich meine erste und letzte Zigarette geraucht. Da hatten meine beste Freundin und ich den Grünstreifen zum Privatstand gemacht und uns im Bikini gesonnt. Da hatte ich alles und nichts gemacht.

Der Pfad, der zum Park führt, ist eine verlotterte, vom nächtlichen Regen noch glänzende Pflasterstraße Pflasterstraße. Eine Straßenlaterne scheint auf eine Pfütze, die sich über ein paar abgesackten Pflastersteinen gebildet hat. Ohne nachzudenken, greife ich nach meinem Handy und öffne die Kamera-App. Im Bild erscheinen das dunkle Wasser, das Grau der Steine und am unteren Rand die weißen Gummikuppen meiner »All Stars«. Durch die Spontaneität und Leichtigkeit dieser Handlung spüre ich ein Kribbeln im Bauch. Weil ich etwas fotografiert habe? Nein, weil ich endlich wieder mit der Welt in Kontakt stehe. Auf dem Bildschirm sehe ich einen Teil meiner selbst im seichten Wasser stehen.

Aber warum auf einmal dieses Foto? Als Beweis? Weil ich diese kleinen Ausflüge ins Freie nach monatelanger Stubenhockerei nur glauben kann, wenn sie auf einem Bildschirm erscheinen? Oder als Reflex? Weil ich intuitiv wiedererlebe, was früher Gewohnheit war: umherschweifen, betrachten, registrieren? Es sind dämliche Fragen, außerdem sind meine Socken nass. Mit »All Stars« in einer Lache zu stehen, ist doch ein kümmerlicher Ausgangspunkt für philosophische Betrachtungen. Vorerst muss die Kombination der beiden Gedanken genügen. *Reflex als Beweis*: Das klingt zumindest tiefschürfend genug für einen ersten Spaziergang mit einem ersten Foto.

Beim Gehen steigt mein Atem wölkchenförmig in die Luft. Die Kälte tut gut: Je länger ich gehe, desto mehr wird sie mir in die Knochen fahren, und desto mehr kann ich mich beim Nachhausekommen an der Wärme laben. Im Park sehe ich das große Herrenhaus, den Palast meiner Kindheitsträume. Wieder schnappe ich mir das Handy und richte die Kamera aus. Diesmal bedächtiger.

Ich ziele auf das große Eingangstor aus Backstein, neben dem früher die Pferde ins Kutschenhaus trabten. In der Mitte steht ein Absperrpfosten. Ich fokussiere den Pfosten und sehe links und rechts, in perfekter Symmetrie, die halb heruntergelassenen Rollläden des weiß getünchten Gebäudes auf der anderen Straßenseite. Auch hier eine Zweiteilung: oben die übereinandergestapelten Horizontalen des Rollladens, unten das Fenster, und darin jeweils genau in der Mitte eine Orchidee. Ich sehe Symmetrie, Ordnung, Ruhe, Bildstille, und ich drücke ab. Wieder dieses Kribbeln. Ich drücke nochmal ab. Und nochmal. Und nochmal: immer wieder derselbe Bildausschnitt, immer dasselbe unbewegliche Motiv, immer dieselbe Aneinanderreihung von Tor, Pfosten, Mauer, Rollladen, Glas und Blume – immer wieder dieses Kribbeln.

Ich höre auf zu fotografieren und sehe hoch. In einem der Herrenhausfenster sehe ich mein Spiegelbild: eine gebeugte Figur mit zwei Kapuzen über dem Kopf, die durch ihr Handy die Umgebung betrachtet. Eine Figur, die sich nun zur Seite dreht und durch den Bildschirm auf ihr Spiegelbild blickt. Sie streift beide Kapuzen ab und zeigt ihr Gesicht. Sie winkt, zögert und geht dann weiter. Unter ihren Füßen führt eine Leiter aus glänzenden Sprossen zurück nach Hause.

30

Bei geschlossenen Vorhängen sitze ich am Computer. Das Bild von meinen weißen Schuhsohlen in der gepflasterten Pfütze erscheint. Die Aufnahme besteht hauptsächlich aus Grautönen, hat kaum Farbe, also verwandle ich sie in ein Schwarz-Weiß-Foto. Komposition aus Zehenspitzen und Stein, denke ich dazu. Nein, zu wortwörtlich: klingt wie von einer schlecht übersetzten Speisekarte. Das Bild ist noch immer vor mir. Monoton sind meine Schuhspitzen im Bildausschnitt gefangen. Patient und Blickfeld vielleicht? Nein, auch nicht, das wäre was für eine Ärztezeitung. Beim Heranzoomen erkenne ich in der Wasserlache hauchdünn meine eigene Silhouette. Vor meinem Gesicht hängt das Rechteck meines Handys, als würde jemand einen Backstein auf mich zuschleudern und zwischen den beiden Kapuzen über meinem Kopf wäre jetzt ein Loch. Ich zoome wieder weg, aber seltsamerweise scheint sich die Perspektive zu verkleinern: In der Wasserlache war eine Ganzkörperaufnahme versteckt, während auf dem gesamten Foto nur Details zu sehen sind: Zehenspitzen, Pflastersteine, eine Pfütze – die falschen Inhalte sind im falschen Bildausschnitt gelandet. Also doppeltblind? Ja, so nenne ich es, doppeltblind: das erste Foto in meinem Kopfsturmkatalog.

Dann scrolle ich durch die Fotos von dem Herrenhaus. Der Bildausschnitt bleibt unverändert, jedes Foto ist gleich statisch und so gut wie identisch. Das Eingangstor, der Pfosten, zwei Häuserfronten, zwei Fenster, zwei Rollläden, zwei Orchideen: Alles steht still und fügt sich in seine Rolle als Hintergrund. Bis da plötzlich eine Bewegung ist, oder besser, *erscheint.* Nein. Das kann nicht wahr sein. Unmöglich. Nicht auf diesen Fotos. Oh doch, es ist möglich – Pixel lügen nicht. Ich versuche die immer größer werdende Angst in meiner Kehle hinunterzuschlucken und wende den Blick ab, aber bei jedem weiteren Bild von dem Tor wandert er verzweifelt zurück zum Bildschirm. Ja, es ist möglich. Es ist so. Dort fängt es an, als winziger Fleck am rechten Rand. Etwas Schwarz-Weißes kommt Stück für Stück ins Bild geflogen. Es ist die Elster. Ich erstarre. Wie sie so geräuschlos auftauchen konnte, weiß ich nicht, aber ich sehe sie auf dem Foto und Fotos sind Wahrheit.

Wie gelähmt bleibt mein Finger auf derselben Taste hängen, sodass sich die Bilder nahtlos aneinanderzureihen beginnen. In dem so entstandenen Film sehe ich die Elster von rechts nach links über das Bild schweben und den Kopf zur Kamera drehen. Sie starrt mich an und öffnet ganz langsam die Krallen, bis sie auf dem schmalen Gesims über dem Rollladen aufsetzt und von dort direkt in die Linse starrt. Ihre Füße stehen über dem Fenster, ihr Kopf streift den Bildrand. Sie grinst, glaube ich. Zufrieden, weil sie in meine Fotos geflogen ist und so meinen Spaziergang für sich beansprucht.

Dass Verzweiflung etwas Fließendes ist, ist das Einzige, was ich in den vergangenen Monaten gelernt habe. Und hier, in dieser Finsternis hinter einem Schirm, mit diesem auf mich gerichteten Elsternschnabel, sprudelt sie wieder in mich hinein. Soll das etwa mein Geburtstagsgeschenk sein?

Wird so selbst der allerkleinste Besserungsversuch abgestraft? Ich muss wieder daran denken, wie sich der Spaziergang angefühlt hatte, daran, wie es war, mich zu konzentrieren und zu fotografieren. In meinem Kopf erklingt ein absurdes Mantra: Was tun gegen Lähmung? Kribbeln. Und was gegen falsche Pixel? Klicken.

Ehe ich mich's versehe, sind meine Hände am Werk. Ein Fotobearbeitungsprogramm öffnet sich, und das Foto mit der starrenden Elster erscheint zwischen Icons und Menübalken. »RGB«, zeigt eine Infobox: Das Foto enthält das komplette Farbspektrum, bestehend aus Rot, Grün und Blau.

Unbeirrbar klicken meine Finger auf Menüs und ziehen Fenster an andere Stellen. Sie wählen »Optionen« und »Zuschneiden«, und sie manipulieren ein Rechteck über dem Foto, bis die Elster aus dem Bild fällt. Von ihrer Krallenspitze bis zum oberen Rand wird alles grau. Ein unscharfer, grauer Balken hält die Elster gefangen, und in einer Art Trance klickt mein Zeigefinger auf »OK«. Der graue Rand in der oberen Ecke des Fotos verschwindet zusammen mit einem Stück Mauer, dem Gesims und der Elster. Nichts lässt vermuten, dass vor einer Sekunde noch ein Schnabel auf mich gerichtet war. Das Foto ist jetzt so, wie ich es vor mir sah: symmetrisch, neutralisiert und elsterlos. Meine Hand nimmt noch ein letztes Mal Reißaus, markiert den Metallpfosten im Kutschentor und füllt ihn mit Digitalfarbe. Rot. Eine nach oben gestreckte Zunge hält stand, mitten auf dem Foto. Es ist ein Mittelfinger für die Elster, eine Kerze für meinen Geburtstag. Es ist eine Zündflamme, an der ich mich vorsichtig wärme.

31

Nach diesem ersten Spaziergang hast du dich wieder und wieder wie einen Bumerang ins Freie geworfen. Hast allein deine Runden gedreht, fast wie im Traum, und fotografiert. Zu Hause hast du das unterwegs Gesehene auf dem Computerbildschirm betrachtet. Wo du gegangen warst. Dass du gegangen warst. Die interessantesten Bilder hast du bearbeitet, zurecht geschnitten, den Kontrast erhöht, Licht auf Schattenflächen gezogen und sie dann in deiner Fantasie an ihn geschickt, den Traumjungen, hinter dem du dich selbst versteckt hast. Der Winter schmolz dahin, der Frühling kam, und auf einmal hörte das einsame Spazierengehen auf.

Mein Vater hat den Winter nie wirklich leiden können. Sein Garten voller Blumen, in dem er aufgehen konnte, lag dann ausgestorben zwischen den drei Backsteinmauern, und er stand am Fenster, sein Blick in den Augenhöhlen gefangen. Aber jetzt fing alles wieder von vorne an. Der Boden brach auf und Pflanzen sprossen empor. Papa ging wieder ins Freie und spazierte von seinen Gartenmauern bis zu mir, um gemeinsam mit mir loszuziehen. Warum auch nicht? Ich hängte meinen Mantel an den Kleiderständer, schob die Hoodie-Kapuze zurück und ging mit ihm mit. Erst zögerlich und lange schweigend – was ihm immer noch zu schaffen machte – dann mit stets mehr Überzeugung und der Bereitschaft, zuzuhören: Reden konnte ich noch nicht, aber indem ich mir seine Geschichten anhörte, präsent war, kam ich ihm entgegen. So gingen wir zu zweit unsere Runden durch die Stadt, mit großen Schritten, einer wie der Schatten des anderen.

Unsere Streifzüge waren länger als meine Alleingänge zuvor. Er redete wie ein Wasserfall, den Anlass dazu gaben meistens die Gebäude an unserem Weg. Da, wo jetzt ein Reihenhaus stand, sei früher das Café Biarritz gewesen, da habe er mit seiner Mutter und ihren Brüdern oft bis in die Puppen gesessen. Und auf dem Platz im Stadtzentrum, an dem er seine Kindheit verbracht hatte, habe jedes Jahr der Zirkus Semay seine Zelte aufgeschlagen. Ein Ereignis, auf das er und seine ältere Schwester sich riesig gefreut hatten. Zur Vorankündigung sei ein Festzug durch die Stadt gezogen, angeführt von einem Elefanten mit einer hübschen Artistin darauf, in einem enganliegenden Kostüm. Es habe Löwen gegeben und ein Spiegelkabinett, in dem er sich hoffnungslos verirrt habe und nie sei seine Erleichterung größer gewesen als dieses eine Mal, als er tränenverschmiert herauskam, mit blutender Lippe, weil er in Panik gegen ein sauberpoliertes Fenster gerannt war.

Ich genoss Papas Geschichten, denn schon seit fast einem Jahr hatte ich kein einziges Buch mehr zur Hand genommen. Und das, obwohl ich früher so ungefähr jede Woche einen Roman verschlungen hatte.

Um den Schein zu wahren, bestellte ich ab und an noch eine Ladung Bücher mit Viersternerezensionen, doch schon nach der ersten Seite gab ich auf. Ich las zwar die Worte, aber in meinem Kopf bildete sich ein zäher Brei, den ich nicht zu durchdringen vermochte. Dass die Depression Nicht-Schreiben hieß – abgesehen von meinen zwei, schon seit Jahren bestehenden, wöchentlichen Kolumnen –, war zwar schmerzhaft, aber logisch; dass sie aber auch Nicht-Lesen bedeuten würde, war unvorstellbar und schnitt mich mehr als alles andere von meinem früheren Ich ab. Unbewusst katapultierte mich mein Vater wieder in eine Zeit mit Büchern, indem er mich mit seinen Erzählungen überhäufte: Dorfklatsch, Anekdoten und Halbwahrheiten. Durch seine Worte sah ich die Umgebung an uns vorüberziehen, in immer wieder neuen, lang verflogenen Versionen. Wo jetzt Lagerhallen mit Parkplätzen davor standen, wurden verschwundene Pfade, abgerissene Häuser, Äcker und Wiesen wieder lebendig. Als ob diese ausradierte Stadt gemeinsam mit dem Frühling wieder zu sprießen begänne.

Papa spürte meine Aufmerksamkeit, denn ich stellte Fragen. Und weil ich ihm seine Freude darüber ansah, war ich, wenn ich nach meiner Rückkehr die Tür hinter mir zuzog, zufrieden. Nach jedem dieser Streifzüge musste ich mich, vom Gehen und der Konzentration erschöpft, sofort aufs Sofa legen. Keine Sekunde später hörte ich auch schon Katzenpfoten und Rachel erschien, um sich an mir zu reiben und auf meinem Bauch im Kreis zu drehen, bis sie die richtige Stelle fand, um sich einzurollen. Papa war mit einem Sicherheitsabstand neben mir hergegangen, Rachel schmiss sich auf mich. Noch immer mir ihre Nähe am liebsten, aber gleich danach kam dieser Mann: dieser hagere, zaghafte und besorgte Mann. Mein baumlanger Vater mit seinen unendlich verzweigten Geschichten.

Lieber Papa, sorge dich nicht so sehr, wir beide strömen in ein und demselben seltsamen Meer.

32

Die Sache hatte sich schon lange angekündigt, denn im März vorigen Jahres hatte ich begeistert mit »Ja!« geantwortet, als man mich fragte, ob ich bei der Jahresversammlung der Zeitschrift »Onze Taal« (»Unsere Sprache«) einen Vortrag halten wolle. Schon seit vier Jahren schrieb ich für diese Zeitschrift eine monatliche Kolumne, und jetzt konnte ich all das Geschriebene endlich in exotischem Standardniederländisch erzählen. Bloß führte ich diesen April ein ganz anderes Leben. Eines, in dem es keinen Platz mehr gab für Begeisterung, denn wie standardmäßig oder exotisch erzählt eine Kranke? In den Wochen bevor der Vortrag in Utrecht stattfinden sollte, erfand ich Nacht für Nacht im Bett Ausreden, um doch nicht dort auftauchen zu müssen.

Ich hatte die Grippe.

Nein, besser: Ich hatte Drüsenfieber.

Oder ich hatte mir das Bein gebrochen. Eine Rippe, die Kniescheibe. Oder vielleicht sollte ich am Tag vor dem Vortrag e-mailen (mit ein paar eingebauten Rechtschreibfehlern, um die Panik spürbar zu machen), dass meine beste Freundin ins Krankenhaus gebracht worden war. Oder warte, ihre Tochter. Nein, beide: eine Lebensmittelvergiftung mit komplizierten, sehr resistenten Bakterien. Ob sie die Lesung nicht verschieben könnten? Auf Oktober oder so?

Oder die Redaktion eine Stunde vor der Tagung anrufen: »Unglaublich! Eine Panne! Ja, konnte gerade noch zu einer Tankstelle rollen. Mich abholen? Och nee, macht euch keine Mühe, außerdem ist mein Akku …«

Oder vielleicht noch tragischer: anrufen und verwirrt klingend mitteilen, dass mein Zug einen Personenunfall hatte. »Ja, unvorstellbar, ich stehe auf einem Feld am Gleis, wir können erst in ein paar Stunden weiterfahren. Ja, noch zu Hause in Belgien. Du sagst es, unwahrscheinlich.«

Bei einem Spaziergang redete ich mit Papa darüber. Ich erzählte, wie ungern ich allein in die Niederlande reisen, dort schlafen, dort essen wollte. Allein schon bei dem Gedanken, in einen Zug steigen zu müssen, krampfte sich alles in mir zusammen. Noch dazu, weil der Zug schon seit einem Jahr kein Verkehrsmittel mehr für mich war, sondern ein chirurgisches Instrument zur Schmerzlinderung.

»Aber du kannst dort doch auch spazieren gehen? Und Fotos machen? Vielleicht wird es ja Zeit, dass du mal was anderes fotografierst als immer nur die gleichen Häuser und Bäume und Vögel und Kühe«, antwortete er.

Ja, eine simple Wahrheit. Vielleicht sollte ich die erdachte, flache Treppe, die von meiner Haustür in die Stadt führte, einfach verlängern, um meinen Horizont zu erweitern. War das Bahngleis schließlich nicht die schönste Repräsentation einer flachliegenden Treppe, einer Leiter, die sich in der Landschaft auflöst? Vielleicht konnte ich von den Niederlanden aus weiterfahren nach Deutschland, und so um die ganze Welt. Und dabei unaufhörlich fotografieren, bis ich sicher wusste, dass alles wirklich existierte, weil ich ein Foto davon gemacht hatte. Meine Kehle schnürte sich zusammen, das waren plötzlich viel zu große Überlegungen. Was dachte ich denn? Ein Streifzug durch ein Provinzstädtchen ging gerade noch, ins Ausland reisen war übertrieben ehrgeizig.

»Und was, wenn Mama mitfährt?«

Mein Vater stellte die Frage so nebenbei, dass sie sofort unumstößlich wurde. Ja, das war's: Meine Mutter musste mit. Zum Reden. Zum Essen. Um neben mir zu liegen, zu schlafen, zu atmen. Auf einmal war die Lesung bei dieser Reise nur mehr Nebensache, wegzufahren war das eigentliche Ziel geworden.

Mama sagte sofort »ja«: erleichtert und gerührt, weil ich endlich wirklich um etwas gebeten hatte.

33

Zwei Wochen später stehen wir in Utrecht in einem Hotelzimmer. Das Gepäck legen wir schnell auf einen Stuhl, dann machen wir uns gleich auf den Weg. Es ist der reinste Wahnsinn: Sogar in den Augen einer Fahrradnärrin wie mir ist die Innenstadt von Utrecht ein komplettes Chaos. Studierende, Väter mit Kindern auf dem Gepäckträger, Frauen mit Papiertüten an der Lenkstange: Sie alle flitzen knapp und klingelnd – als Besucher ist man offensichtlich überall im Weg – an uns vorbei. Die Frühlingssonne scheint schräg zwischen den Dächern hindurch auf die glitzernden Kanäle. Ich beuge mich über eine Reling und mache ein Foto: die Reflexion des Himmels zwischen weißen Seerosen. Entzückt hake ich meine Mutter unter. Das Licht ist hier anders, die Backsteine sind anders, die Sprache klingt anders. Auf einer Brücke prusten wir los, wegen des Holländisch, das wir um uns herum hören, in dem Bewusstsein, dass unser Dialekt hier ein nicht zu knackender Geheimcode ist. Mit Karte bezahlen heißt hier »pinnen«, und nein, einen »Bon« (eine Quittung) brauchen wir sicher nicht, als wir »twee Koffie« (zwei Kaffees) bezahlen. Viel machen wir nicht, nur rumschlendern und vorbeiradelnde Verwünschungen einkassieren. Aber ein Versprechen, das ich dem Traumjungen einst gegeben habe, muss ich einlösen: »Wenn du in Utrecht bist, musst du dir das Rietveld-Schröder-Haus ansehen, versprich mir das.«

Mama spielt ihre Rolle mit Bravour und lässt sich willig durch die Stadt führen. Wir nehmen einen Bus, der uns nach kurzer Fahrt wieder ausspuckt, in der Nähe einer Allee mit gut erhaltenen Reihenhäusern an beiden Seiten. Die weißen Fensterrahmen spannen sich wie Gummibänder um die großen Glasflächen, die offenbar eingehegt werden müssen – niederländische Häuser dürsten nach Licht. Am Ende der Straße machen wir in unmittelbarer Nähe eines Viadukts Halt. Genau davor, ungeschickt an ein braunes Backsteinhaus geklebt, steht etwas, das noch nicht ganz fertiggestellt zu sein scheint: das Schröderhaus. In seiner Kombination aus grauen und weißen Mauern, dunklen Fenstern, Dachrinnen und einem Satz farbiger Linien – rot, gelb und blau – scheint es, als wäre ein Stück des Viadukts abgebröckelt, um sich neben dem Reihenhaus wieder aufzubauen.

Das Aufeinandertreffen von eckiger Geometrie und Brav-Traditionellem erinnert an die allgegenwärtigen, sich beißenden Häuserbauten an unseren flämischen Landstraßen. Nur ist dieses hier geschmackvoller, durchdachter, gewagter und ausgewogener. Das Haus ist ein Flirt, ein Witz, ein Salto, ein Maßanzug, ein Paukenschlag, ein dreidimensionales Palindrom. Das Haus ist phänomenal.

Sofort fange ich an zu fotografieren. Mama erschrickt, als sie mich umherschleichen, unter Sträuchern liegen, auf einem Pfahl stehen sieht.

»Komm, führ dich nicht so auf! Gleich geht dir der Film aus« – die ewige Angst, zu sehr aufzufallen, oder nicht genug zu haben.

»Mama, das ist eine Digitalkamera. Und wir sind hier in den Niederlanden: Belgier dürfen hier so ungefähr alles. Wenn wir glauben, wir schreien, glauben sie, wir wollen höflich punkten. Warte, ich bin gleich fertig.«

Und ich wüte weiter mit dem Fotoapparat. Eine halbe Stunde lang nimmt mich das Haus vollkommen in Beschlag, dann habe ich mich sattgesehen.

Wir gehen zwischen denselben Alleebäumen zurück zur Bushaltestelle, im Bus gehe ich sofort die Fotos durch. Es beginnt mit Frontalansichten des Schröder-Hauses, die allmählich abstrakter werden. Aus Fassaden werden Flächen und Linien in Weiß, Schwarz, Grau und Farbe. Ja: *und* Farbe. Zwischen all dem Monochrom erscheint plötzlich Pigment – nur ein paar Millimeter dick, aber unleugbar. Ich folge einer gelben Linie, die wie ein Säbel durch das Foto schießt, einem Streifen Blau, der sich in den Vordergrund drängt und zwei roten Streifen, die miteinander zanken. Zufrieden schalte ich die Kamera aus und schmiege mich an Mama. Der Bus fährt durch die schmalen Gassen Zickzack und das niederländische Stimmengewirr zaubert ein Lächeln auf meine Lippen. Als ich flüstere, dass Frau Schröder mit Vornamen »Truus« hieß, kichern wir wie Schulmädchen bis ins Stadtzentrum.

Dort angekommen, gerate ich plötzlich völlig aus dem Häuschen und johle übertrieben »Uuuuiiiiiii!«. Meine Mutter wird steif vor Schreck. Ich wusste, dass Utrecht die Heimatstadt von Dick Bruna ist, dem geistigen Vater von Miffy, es war also nur eine Frage der Zeit gewesen, bis wir an einem Schaufenster voller Puppen und Bilderbücher vorbeikommen würden. In Brüssel hatte ich einmal einen meterhohen Miffy gekauft, ihn in einer Plastiktüte durch die Stadt geschleppt, bis zum Zug, und so mit nach Hause genommen. Auf der Fahrt führte ich ganze sechs Gespräche mit wildfremden Personen. Alle sechs schwelgten in ihren Erinnerungen an die einfachen Verse und die kräftig gefärbten Zeichnungen. In Utrecht wundert sich wohl niemand über hyperventilierende Touristen vor Spielzeugladen-Schaufenstern; aber was in meinem Kopf passiert, würde man bestimmt als Sakrileg auffassen. Denn da rauft Rietveld mit Bruna, und das gerade, rhythmisierte Haus knickt sich wütend um die wellig-weiche Figur. Obwohl das eine der Gegenpol des anderen ist, sind beide genauso gleichförmig, genauso vereinfacht, genauso täuschend simpel. Und hatte es Mama gerade eben, beim Viadukt, nicht hinter vorgehaltener Hand gesagt: »Das soll ein Haus sein? Sieht aus wie ein Kaninchenstall!«

Im Laden kaufe ich ein Buch über Dick Bruna und einen Miffy im orangefarbenen Kostüm, der gerade noch in meinem Koffer Platz haben wird. Papa schickt als Antwort auf ein Foto drei gelbe Daumen zurück: einen für mich, einen für Mama und einen für das weiße Plüschköpfchen, das zwischen uns beiden in die Kamera guckt. Auf dem Rückweg zum Hotel inspiziere ich den Himmel und die Bäume. Seltsamer- und beruhigenderweise scheint es hier keine Vögel zu geben. Ich sehe Wolken, Wasser, Backsteinhäuser mit übertrieben großen Fenstern, aber nichts, was pfeift und zwitschert. Irre ich mich, oder sind es die

Hunderten von irrwitzigen Fahrradklingeln, die alles übertönen?

Es ist Nacht. Mama liegt neben mir in unserem Hotelzimmer. Sie schläft ruhig: ein Bildnis im Bett. Ich betrachte sie eine ganze Zeit lang und versuche, mir vorzustellen, wie sie über mich denkt. Enttäuscht? Wütend? Angsterfüllt? Ob sie überhaupt noch Gedanken an mich verschwenden will? Wie wäre es für dich gewesen, Mama, wenn ich nicht mehr da gewesen wäre? Hättest du dann auch so im Bett gelegen, auf der gleichen Seite? Oder wärst du dann mitsamt Laken, Matratze, Lattenrost, Zimmerboden, Fundament im Boden versunken? Durch die Erdkruste bis zum Kern, um dort schluchzend zu vergehen? Hättest du geweint? Oder hättest du mich verflucht? Wegen meiner Feigheit, die mir vorkam wie Mut? Hättest du es gehasst, das Kind, das nicht mehr deines war und sein wollte?

Du schläfst so schön, Mama, so exakt. Als hättest du dein Leben lang jeden Atemzug bis zur Perfektion geübt. Deine Falten sind grandios, deine Augenbrauen bewegungslos. Und ich sehe, wie deine Augen unter den Lidern rasen. Träumst du von mir? Von Papa? Träumst du von dem rechteckigen Haus am Ende der Allee? Bin ich denn auch so? So widerspenstig wie dieses Haus? Etwas, das von euch weg gewachsen ist, unbeugsam und unerklärlich? Und wirst du mir das jemals verzeihen können? Öffne einfach die Augen, wenn du zustimmst, Mama.

Oder atme »ja«.

Atme »ja«.

34

Ich selbst bin noch immer hellwach. Denke daran, wie ich in sechs Stunden hinter einem hohen, schmalen Tisch stehen werde und mich dabei fast tausend – genauer gesagt 936 – Personen anstarren werden. Unmöglich. Das schaffe ich nie. Ich stehe auf und sehe aus dem Fenster. Es ist Donnerstagabend, offenbar auch für Utrechter Studenten – genau wie in meiner Zeit an der Universität Gent – die typische Ausgehnacht. Die Straßen klingeln und krakeelen.

Nein, ich hätte nicht hierherkommen sollen. Auch nicht in Mamas Begleitung und mit diesem lächerlichen Kaninchen im Gepäck. Alle Symptome sind da: das Herzrasen, die klammen Hände, der Atem, der meine Lunge in immer kleineren Portionen verlässt. Widerstandslos muss mein Körper die ganze Kette von chemischen Reaktionen über sich ergehen lassen und vor Angst zusammenklappen. Mein Verstand versucht, sich aufrecht zu halten und konzentriert sich auf meine Mutter, die Tapete, die Festigkeit und Realität eines Fenstergriffs. Auf das Fenster, in dem ich mich, als Reflexion vor der feiernden Stadt, wie eine Marionette bewege: Eine junge Frau fummelt nervös aus ihrer Tasche eine Gefriertüte, in die sie erst heftig, dann immer ruhiger, ein- und ausatmet. Ich sehe eine junge Frau, die ihr Shirt auszieht und sich auf den Boden unter dem Fenster legt, in dem Versuch, sich abzukühlen. Um die Angst mit Kälte zu ersticken. Gefrieren zu lassen. Zu vereisen.

Atmen. Ein und aus. Ein und aus. Tröpfchen bilden sich an der Innenseite einer Tüte. Die Angst lässt nach, aber meine Hände, kalt wie Eiszapfen, beben noch immer. Das ist nicht genug, denke ich. Das hilft mir nicht. Ich greife zur Waschtasche auf dem Nachttisch und drücke eine Beruhigungspille aus einem Streifen: die Tablette, die sich schon so oft als meine treuste Freundin erwiesen hat. Nicht mal eine halbe Stunde später ist es, als hätte mir jemand eine warme Decke um die Schultern gelegt.

Die Angst verkriecht sich in eine entlegene Ecke. Im Bett taucht wieder das Bild von mir hinter dem Pult auf. Bleib ruhig, zu dem Zeitpunkt wird die Tablette noch nachwirken und die zweitausend auf dich gerichteten Augen werden nicht so beängstigend sein – sie werden nicht merken, dass du eigentlich nicht hier sein willst. Die Decke macht ihre Arbeit, wiegt mich in den Schlaf, während ich mich an die Luftschicht um meine Mutter schmiege: nah genug, um ihre Wärme zu spüren, weit genug weg, um sie nicht zu stören. Wir atmen rhythmisch und wogen wie eine einzige, enorme Lunge.

35

»Meine Damen und Herren …«

Ich stehe ganz vorne in einem riesigen Saal und spreche über eines meiner Standardthemen: über Sprache und meine Liebe zu ihr, und darüber, dass wir die Unterschiede zwischen dem Niederländischen aus Flandern und dem aus den Niederlanden feiern müssen. Und je mehr Sätze durch die Luft schweben, desto weniger verkrampft sich mein Magen. Das Publikum lacht wegen der Witze, in deren Folge ich nur Stille erwartet hatte. Die Wirkung der Tablette lässt nach, aber meine Zuversicht wächst. Ich bin beim Erzählen meiner Geschichte immer weniger auf meinen Text angewiesen. Auch jetzt drifte ich weg, und aus der Distanz sehe ich mich schwatzen: Die Worte kommen aus meinem Mund, als wäre alles in Ordnung; meine Mimik wirkt natürlich, meine Augen funkeln. Wie soll mit dieser Frau etwas nicht stimmen – sieh dir ihre Hände an, wie sie winken, zeigen, sich falten, Haare und Gesicht berühren, durch die Luft fahren, flattern. Ich schaue zu Mama und spüre ihre Nervosität, den Blick auf ihre kranke Tochter fixiert, in einem Saal, in dem nur ein einziger

Stuhl steht: ihrer. Sie trägt Lippenstift und Rouge, rot murmelt ihr Mund im Rhythmus meines Vortrags mit.

»Danke für Ihre Aufmerksamkeit.«

Eine kurze Stille und dann: Applaus. Die Zuhörer stehen klatschend auf und lächeln breit. Unglaublich, es hat geklappt. Es hat geklappt! Am Bühnenrand winkt jemand, und ich gebe mir die größte Mühe, so aufrecht wie möglich abzugehen. Nachdem ich außer Haus monatelang mit hochgezogenen Schultern herumgelaufen bin, kommt es mir noch immer so vor, als wäre um mein Becken und meinen Nacken ein Gummiband gespannt. Ich setze mich. Meine Mutter ist gerade dabei, sich zu schnäuzen.

»Siehst du?«, flüstert sie, und sie stockt.

In Gedanken ergänze ich die Worte, die sie nicht sagt: »… du kannst es doch?«

Ja, ich hab's gekonnt, Mama, weil du da warst. Weil du neben mir geschlafen hast und gelaufen bist und gesessen hast, und weil du mich jedes Mal angesprochen hast, wenn ich kurz davor war, mich in meinem Schweigen zu verirren. Wir haben es geschafft, Mama: zusammen nach Utrecht, ans Ende der Welt. Ich sehe deine Erleichterung und ich spüre meine.

36

Man zählt: die Ziffern auf dem Barcode einer Ketchup-Flasche beim Warten an der Supermarkt-Kasse; die Jahre des Einander-Ertragens oder Sich-noch-immer-Liebens; die sonntagmorgens mit Fahrradkumpels zurückgelegten Kilometer. Wenn das Jahr dem Ende zugeht, zählt man noch öfter: wie viele Bücher man gelesen, wie viel Geld man gespart, oder – in meinem Fall – wie viele Notizbücher man vollgeschrieben hat.

Jetzt, als Genesende, zähle ich auch. Ich weiß, dass jeder zurückgelegter Schritt meinen Zustand verbessert. Ich weiß, dass ich mit jedem gelungenen Foto an Halt gewinne. Ich weiß, dass mich jede geschriebene Kolumne sowohl erschöpft als auch wieder Luft schöpfen lässt. Zwei Deadlines pro Woche muss ich einhalten. Das bedeutet zwei Nachmittage Ruhe, weil das Denken, das Grübeln, nach jeder Kolumne für kurze Zeit aufhört. Es ist simple Mathematik, fast wie ein binärer Code: ein – aus – ein – aus. Ich bin ein Schalter, der Texte schreibt und danach so lange wie möglich in den Standby-Modus übergeht. Wenigstens bis zum nächsten Tag, denn dann erscheint die Zeitung und es kommen Reaktionen – die von kritischen Leserinnen und Lesern und meine eigenen. Spazierengehen, fotografieren und schreiben: Ich zähle die drei Dinge auf, die mich und mein Selbstvertrauen in aller Ruhe stärken. Und dann kam Nummer vier dazu: die Sprache der Vögel. Im Januar habe ich mich zum ersten Mal auf Twitter gewagt.

18. Januar 2018, der erste Tweet:
»Ich war lange unschlüssig, ob ich das sagen sollte. Weil es intim ist. Weil ich Angst vor negativen Reaktionen hatte. Aber ich habe gelernt, dass Reden hilft. Seit vorigem Sommer kämpfe ich mit einer schweren Depression. Ich finde es wichtig, das in aller Öffentlichkeit zu sagen, denn ich glaube, ich kann anderen damit helfen. Es ist okay, sich nicht okay zu fühlen, und es ist okay, darüber zu reden.«

Nichts ist schlimmer, als sich sein Leid von der Seele zu schreiben. Warum sollte man andere mit seinen Problemen belasten: Es hat doch jeder genug mit seinen eigenen zu tun. Trotzdem tat ich es. Nicht einfach aus einer Laune heraus, sondern weil ich ein Ventil brauchte für die Taubheit in meinem Inneren. Ich ging online und versuchte, die Depression in Verlegenheit zu bringen, indem ich über sie berichtete. Und ja, ich habe mich aufgeführt. Aber aus einer bewussten Entscheidung heraus, und es fühlte sich richtig an. Ich wollte mir die Depression nicht von der Seele schreiben, sondern sie zu mir herschreiben. Andere zu mir herschreiben – die Sprache als Saugnapf verwenden. Nach diesem ersten, sehr persönlichen Tweet erwartete ich verletzende und belächelnde Antworten, doch die blieben aus. Es kamen vor allem Verständnis und Anteilnahme, und das gab mir Kraft. Schicksalsgenossinnen und -genossen sprachen mich an oder schickten E-Mails, wodurch ich mich über meine Krankheit zu sprechen traute, nicht nur meinen engsten Vertrauten gegenüber, sondern auch gegenüber Wildfremden.

Ich kam dahinter, dass auch Twitter zählen bedeutet: bis 280. Sogar noch weniger Buchstaben als in einer Kolumne, und das für sowas Kompliziertes wie eine menschliche Emotion. Waren dafür nicht Kurzgeschichten erfunden worden, Novellen und blumentopfschwere Romane? Ja schon, aber nicht für mich. Nicht jetzt. Weil: nicht genug Energie, oder gerade mal genug, um ein kleines weißes Fenster voll zu tippen. Dennoch entstand eine heilsame Wechselwirkung zwischen meinen einsamen, manchmal angsterfüllten Nachrichten und den vielfältigen, oft langen Reaktionen. Aus Zählen wurde Multiplizieren, denn für meinen eigenen Schmerz bekam ich vielfach Trost durch Andere zurück. Das »kleine Tippen« auf Twitter verlangsamte meinen Fall und sorgte für ein Wiedererkennen, für eine andere Sicht auf die Depression. Als würde die Krankheit, die sich bis dahin nur zeitlich erstreckt hatte, sich jetzt auch räumlich – über Dutzende Köpfe – verteilen und dadurch verdünnen. Ich war nicht mehr die Einzelgängerin auf dem Sofa; wir waren ein ganzes Heer von Einzelgängern, alle zusammen auf unseren Sofas. Die Hunderten von schnurrenden Katzen dachte ich mir zärtlich dazu.

37

»Schön.«, sagt er. »Aber brav und ein bisschen ordentlich. ›Auf Nummer sicher‹ trifft es vermutlich am ehesten.«

Mein bester Freund – ebenfalls Kameranarr und begeisterter Architekturfotograf – und ich sehen uns meine Fotos vom Schröder-Haus an. Wir sitzen bei geschlossenen Vorhängen vor dem Bildschirm. LED-Licht wirft meine Fotos ins Zimmer, die Kompositionen bilden Höhenlinien auf unseren Gesichtern.

»Aber mach dir nichts draus, das liegt nicht an dir. Das liegt an dem Haus. Viel zu ordentlich. Zu respektvoll, wie so oft. Zu Tode restauriert. Was ich in deinen Fotos sehe – und das hast du dort natürlich auch gesehen – ist nichts als Make-Up. Sie haben die Fassade neu gestrichen und damit die Geschichte des Hauses übertüncht. Nochmals, daran kannst du nichts ändern, logo. Aber deshalb sind deine Fotos so brav. So sicher, und dadurch uninteressant … obwohl sie natürlich schön sind.«

Und er starrt weiter auf den Bildschirm.

Zweimal sagt er »schön«: Erst ist es ein Stupser, dann ein Kinnhaken. Ich verbeiße mir die Enttäuschung und zähle in Gedanken bis zehn; die Pixel leuchten erstarrt weiter. Flächenteilungen, Linienführung, Farbkontrast: Der Dilettantismus springt mir ungeniert ins Auge, und ich erkenne, dass er recht hat. Die Fotos, für die ich in Utrecht noch vor den Füßen meiner Mutter über den Boden gerobbt bin, schimmern mich mit einem Mal schlapp an. Auch den farbigen Linien fehlt plötzlich jegliche Überzeugung: Beiläufige Kratzer sind sie geworden, gefüllt mit mickrigem Pigment. Das hat mich so stolz gemacht? Aber ich halte seine Kritik aus. Er ist mein bester Freund, und außerdem ist er mir bei dieser Krankheit eine große Stütze. Ich könne ihn jederzeit anrufen, hatte er einmal gesagt, sogar nachts, und das hatte ich oft getan, weinend, nach Atem ringend, und schon eine Viertelstunde später stand er vor meiner Tür, umarmte mich und legte sich zu mir ins Bett, bis ich mich beruhigt hatte.

»Kennst du Urbex?«, fragt er plötzlich. »›Urban Exploration?‹ Man erkundet ohne Erlaubnis verlassene Gebäude, fotografiert sie und haut wieder ab. ›Leave nothing but footprints, take nothing but pictures‹, ist das Motto – eine sehr spannende Beschäftigung. Weißt du was? Ich nehm dich mit. Ich hab noch eine ganze Liste von Gebäuden, in die wir mit ein bisschen Glück rein können und dort machen wir dann viel interessantere Fotos als diese hier. Überall liegen noch Sachen rum, die Farbe blättert ab, undichte Dächer, Unkraut an den Wänden – echt geil, wirst sehen. Da spürt man erst, was ein Gebäude wirklich ist, und was es macht: rosten, verkommen, vermodern. Man spürt den Zerfall direkt vor der Nase. Aber das ist nur Nebensache. Das Licht und die Leere, darum geht's.

Die sind unfassbar, ich bin jedes Mal perplex. Besonders in den großen Fabrikhallen, wo das Licht irgendwie von überall und nirgendwo zugleich kommt. Und wo man die Leere spürt, als wäre sie eine zwischen dem Dach und den Wänden eingeklemmte Form, die …« – er lacht nervös – »… die nirgendwohin kann. Klingt ein bisschen zu wild, oder? Weil ich die Aufregung schon spüren kann. Echt, du musst mitkommen. Damit du Utrecht vergisst. Und wenn es gut läuft, vielleicht sogar dich selbst.«

38

Ich stehe in einer gigantischen Halle in Langerbrugge bei Gent, der »Elektrische Centralen voor Vlaanderen in Brabant«, dem Elektrizitätswerk für Flandern in Brabant, 1911 am Ufer des Kanals Gent-Terneuzen erbaut. Ein Koloss, der die industrielle Entwicklung der ganzen Kanalzone in Gang bringen sollte. Ein Jahrhundert später muss das Elektrizitätswerk einem Naturpark weichen, auch wenn niemand weiß, wann genau das geschehen soll. Inzwischen ist die Halle bis auf eine beeindruckende Dampfturbine und zwei gigantische Treppenhäuser von oben bis unten demontiert. Im First des Gebäudes flattern Tauben umher, ansonsten ist alles still. Mein Freund hatte recht: So wie in allen anderen verlassenen Gebäuden, die wir besucht haben, ist auch hier eine Form, eine Leere gefangen, die die bemoosten Wände und das Glasdach an ihrem Platz hält. Die flatternden Tauben zerhacken das Sonnenlicht und verlieren Daunenfedern, die sekundenlang herabschweben. Die Leere und das theatralisch an die Wände fallende Licht haben eine unerklärliche Magie, die mich zwingen, innenzuhalten und zu beobachten. So lang, bis ich nur mehr ein Auge hinter einem Sucher bin, und eine Fingerspitze auf einem Knopf.

Anfangs waren wir gemeinsam losgezogen, als wären wir auf einer geheimen Mission. Zu einem verfallenen Bauernhof, in dessen Küche es noch Erdbeermarmelade, Gewürzgurken und Senf gab, die Ablaufdaten gingen bis ins vorige Jahrhundert zurück. Bei zwei Sesseln, mit einem grau gewordenen Blumenmuster bespannt, konnte man an den Abnutzungsspuren schön erkennen, wo Mann und Frau gesessen hatten, und wer den Fernsehabend mit der schuhschachtelgroßen Fernbedienung dirigiert hatte. Oder wir erkundeten die Gegend um Lüttich und kletterten durch ein zerbrochenes Fenster in ein leerstehendes Schloss. Wir stiegen eine Wendeltreppe hinauf, die zu einer perfekt erhaltenen Bibliothek führte: Proust am Boden, Stendhal auf einem Tisch, Buchrücken mit verkehrter französischer Beschriftung in den Regalen. Wir gingen bis ins oberste Stockwerk und sahen die schwarze Wiege neben dem Elternbett: ein gruseliger Anblick in einem Schlafzimmer mit knalliger Tapete. Welches Baby war hier geboren worden – oder war das Gegenteil eingetreten und hatten die Eltern das unnötig große Haus vor lauter Kummer verlassen? Wir schwatzten und schwiegen stundenlang im Auto, wir schwebten durch die Landschaft.

Später versuchte ich es allein: begab mich auf meine eigene Mission. Um zu beweisen, dass ich dazu im Stande war: einfach so irgendwohin zu fahren und dort heimlich in ein Gebäude einzubrechen; aber vor allem auch, um bewusst die Angst zu suchen und zu spüren, dass sie diesmal nicht von innen, sondern von außen kam: die Angst, erwischt zu werden, die Angst, sich zu verletzen, die Angst, nicht mehr zu wissen, wo der Ausgang ist. Eine erlaubte Angst war das, mit der ich die andere verdrängen, wegschieben, vertreiben würde.

Meine Urbex-Leidenschaft wurde immer größer, und ich fing an, meine Fotos auf Instagram zu posten. Erstaunlicherweise bekam ich »Follower«, die mir Komplimente machten und mit denen ich virtuelle Gespräche führte. Ihre Nachfrage nach mehr Material verschaffte mir einen zusätzlichen Grund, neue Orte zu erkunden. Ich fuhr im ganzen Land herum, manchmal noch mit meinem Freund, aber öfter ganz allein. Ich verirrte mich und fand zurück, und vergaß in jenen Stunden, dass noch immer etwas nicht mit mir stimmte. Mein Smartphone reichte nicht mehr aus, um die Fotos zu machen, die ich in all den leerstehenden Häusern und Hallen vor mir sah. Also kaufte ich eine Spiegelreflexkamera mit einem Kunststoffsucher, der meinen Blick stundenlang umschloss. Weil meine Brille dabei im Weg war, verwendete ich so wie früher wieder Kontaktlinsen.

So lief ich herum, ein streunendes Auge in Wanderschuhen. Vor meiner Augenlinse noch eine Linse, und davor noch eine, als wollte ich das Licht, das all diese Interieurs beschien, zu einem Laserstrahl bündeln, mit dem ich ein Abbild auf die Innenseite meines Schädels gravieren würde. Platz gab's dort mehr als genug, auf diesem unbeschriebenen Knochen rund um diese noch immer düstere und schweigende Masse.

39

Im Elektrizitätswerk bin ich noch immer auf der Suche nach dem einen, entscheidenden Foto: dem Bild, das die Essenz dieses Orts einfängt und mir erlaubt, wieder nach Hause zu gehen. Ich steige über zerbrochenes Glas, gehe an rostenden Rohrleitungen vorbei, unter Flaschenzügen und meterhohen, in Backstein gefassten Toren hindurch. Schatten von flatternden Tauben begleiten mich von Raum zu Raum. Ich genieße, so wie jedes Mal, die kleinen, sich wiederholenden Handlungen vor dem Abdrücken: durch die Linse spähen, hochsehen, wieder spähen, bisschen nach vorne, wieder zurück, hocken, den Boden sauberfegen und mich hinlegen, Blende einstellen, dann die Verschlusszeit, fokussieren, nein, doch noch ein bisschen weiter, höher, schräger, nochmal neu – eine Viertelstunde für ein Foto von einer bleischweren Eisenkette und einem sonnenbeschienenen Seilzug daran – nein, noch etwas weiter, flacher, den Hintergrund unschärfer, oder nein, doch lieber geradestehend, im Gegenlicht, mit Blitz oder ohne, wieder auf dem Boden liegen, oder sitzen? – und so weiter.

Das Foto gefällt mir nicht. Ich muss höher stehen

und die Kette so auf dem Fabrikboden ablichten, als wäre sie ein Collier in einem Juwelierladen, irgendwas in die Richtung. Rechts steht eine Tür offen, und darüber sehe ich eine Treppe, die über große Mauernischen zickzack bis zu einer rostigen Plattform knapp unter dem First führt. Keine gute Idee, denke ich, weil: nah bei dem kaputten Glasdach und nah bei den Tauben. Aber auch nah bei meinem Foto. Also soll ich? Ja, ich soll. Ich schwinge die Kamera auf die Hüfte und ziehe los.

Die Treppe knarzt, aber bei jedem Podest spüre ich, wie das Bild, das mir vorschwebt, näher kommt. Durch die Nischen hindurch verfolge ich die Veränderung der Perspektive. Die Eisenkette wird kleiner, überschaubarer, und sieht immer mehr aus wie Schmuck – sie könnte schon um einen Hals passen. Und auch der Seilzug sieht von oben auf einmal anmutig aus, wie ein Amulett am Ende des Colliers. Mit jeder Stufe verliert der Schmutz auf dem Boden an Detail, bis er zum rußfarbenen Präsentationshintergrund der Kette wird.

Noch ein paar Stufen, ich keuche und schwitze: wegen der Anstrengung, wegen der klapprigen Treppe und wegen der gähnenden Leere unterhalb der Plattform. Zwölf Meter über dem Boden versuche ich, das Gleichgewicht zu halten. Der Wind bläst durch das offene Dach herein, während die einfallenden Sonnenstrahlen die Glasscherben um die Kette zum Funkeln bringen. Ja, das ist mein Foto, noch besser, als ich es mir unten vorgestellt hatte.

In der Nähe tummeln sich die Tauben, meine Anwesenheit scheint sie zu irritieren. Wild flatternd bleiben sie in der Nähe der Plattform. Ich suche an der Türöffnung nach Halt und fokussiere nach unten, auf das tonnenschwere Juwel, das in meiner Kamera gefangen mit nach Hause muss. Die Plattform bewegt sich erneut, während eine Taube an mir vorbeischießt und nervös einen Ausweg aus dem hohen Treppenhaus sucht. Ihre Flügelschläge hallen nach. Sowohl hinter als auch vor mir gibt es jetzt Geflatter. Sehen kann ich kaum noch, nur riechen: Taubenmief und Angstschweiß. Den einen Fuß schon auf der ersten Stufe nach unten betätige ich den Auslöser. Ein einziges Mal nur, das muss reichen, ich will so schnell wie möglich weg von hier. Sobald ich durch die Türöffnung bin, ergreife ich das Treppengeländer und stolpere Richtung Boden. Die Tauben aus dem First fliegen mir nach, weiter unten höre ich, wie die andere Taube noch immer mit den Flügeln auf Metall schlagend zu fliehen versucht.

Der Fotoapparat tanzt auf meiner Hüfte. Noch vier Treppen und dann bin ich von dem Taubentumult und meiner eigenen Panik erlöst. Wieder auf festem Betonboden. Ein Podest noch und eine Wende. Noch ein Sprung auf die nächste Reihe von Stufen, aber dann mache ich plötzlich halt, schreie auf, das rostige Geländer hat mir scharf in die Haut geschnitten. Mein Atem geht schwer und unregelmäßig, Blut quillt aus meiner Hand, ein Papiertaschentuch saugt sich an der Wunde fest. Es ist mucksmäuschenstill, die Tauben müssen zum Glasdach zurückgeflogen sein. Aber wo ist diese eine dann, unter mir?

Ich höre ein leises Klopfen und sehe hoch. In einer Ecke des Podests glänzen zwei Augen. Sie kommen näher. Das Metall echot Kratzgeräusche an die Wand, vor meinen Augen rückt die Taube ins gedämpfte

Licht. Nein. Keine Taube. Was hatte ich denn erwartet? Es ist die Elster, es gibt sie noch. Mit halboffenem Schnabel steht sie keuchend da, der eine Flügel hängt schlaff herab. Wir sehen einander an und zittern. Ich vor Angst. Sie vor, ja, wovor eigentlich?

»Sind sie weg?«

»Was? Wer?«

»Schäckschäckschäck! Die Tauben natürlich, die Tauben!«

»Ja, sie sind wieder raufgeflogen, zum Glasdach. Hast du Schmerzen? Soll ich …«

»Was? Du fragst mich, ob ich Schmerzen habe? Schäckschäck! Deine Hand blutet. Muss ich jetzt auch fragen, ob du Schmerzen hast? Es geht um den Grund, warum ich hier bin, warum ich hier zwischen diesen jämmerlichen, miefenden Tauben rumstreiche, darum geht es. Also hör zu …«

»Nein, du hörst zu, du! Denn dich stören die Vögel, nicht mich, jedenfalls mich immer weniger. Also hör du zu! Dein Flügel hängt runter. Wenn du willst, nehme ich dich mit. Du kannst auf dem Rücksitz sitzen, in meiner Mütze, und dich bei mir zu Hause ausruhen oder dann wegfliegen, wohin auch immer du willst, okay? Und wenn nicht, bleibst du eben hier, bei deinen tollen, neuen Freunden, den Tauben. Schöne Vorstellung, oder? Also komm, ich trag dich …«

»Schäck! Wage es nicht! Und hör auf mit deinem Mitleid, das kannst du dir sparen. Echt jetzt? Ich kapier's nicht. Nicht die Bohne. Warum du aufgehört hast zu denken und plötzlich voller Tatendrang bist: laufen, fotografieren, von Hinz zu Kunz fahren, quasseln. Schäckschäck! Wir hatten doch eine Vereinbarung, eine einvernehmliche? Eine sehr einfache sogar, und du hattest deine Sache perfekt gemacht: sitzen, liegen, denken, schlafen, dich abquälen, rumlaufen, grübeln, schreiben, streichen, zurückdenken, immer und immer wieder. Du hast komplett aus Gedanken bestanden – und manchmal, inmitten von all dem Schmerz, war ein schöner, glänzender darunter. Gut sichtbar und gewissenhaft für mich zusammengestellt. Und jetzt?«

»Tut mir leid, aber so läuft das nicht mehr. Die Dinge haben sich geändert, egal wie dumm das klingen mag. Mein Tatendrang hilft mir, er gibt mir Kraft, und er stärkt mein Denken. Sieh mal, ich weiß nicht, wie, aber alles wird jetzt irgendwie anders. Umgekehrt. Auf den Kopf gestellt. So wie das zwischen uns, vielleicht.«

»Schäckschäckschäck! Nicht zu fassen, du glaubst also wirklich, es würde klappen, was? Dass es dir besser geht? Dass du wieder zu Kräften kommst? Schäckschäck! Du kannst wohl gut Kontrolle vortäuschen, aber ich durchschaue dich wie glasklare Bergluft. Hör zu, vergiss das hier – es war dumm, ein Fehltritt. Morgen machen wir's wieder genauso wie früher: du in deiner Rolle und ich in meiner. Ohne sie zu vertauschen, wir sind doch keine Schauspieler. Du weißt, ich habe dich auserwählt, und du weißt, ich werde immer da sein. Belassen wir also alles beim Alten. Ich ohne die Tauben und du ohne den ganzen Zirkus. Schäck! Ist das klar?«

»Ja, alles klar, glasklar. Wie deine Bergluft von eben. Und gut, es ist nichts passiert, wir bleiben bei einem Fehltritt oder einer wackeligen Treppe. Aber ich will nicht mehr zurück. Du hast mich auserwählt, sagst du? Na schön, ich würde dich abwählen, wenn ich nur wüsste, wie ich das verdammt noch mal machen soll. Bleib von mir aus hier sitzen, ich gehe jedenfalls raus. Oder humple mir nach, wenn du willst. Da ist der Ausgang. Da unten, an dem Krempel vorbei, hinter den Mauern dort. Da beginnt der Tatendrang.«

40

Es ist Mai 2018. Ich will aufhören, Antidepressiva zu nehmen, aber das auf eigene Faust zu machen, berge Risiken und sei nicht ratsam, hat mein Psychiater gesagt. Also gehe ich zu ihm. Erzähle ihm von meinen Spaziergängen, vom Fotografieren, von der Reise nach Utrecht mit meiner Mutter, von dem Vortrag, meinem Urbex-Freund, von Twitter und Instagram und den vielen, herzerwärmenden Reaktionen.

Von der Elster sage ich nichts.

Ich erzähle ihm von einem neuerdings immer dringlicher werdenden Wunsch: meiner tiefen Sehnsucht, am Meer zu sein, dort spazieren zu gehen, zu fotografieren, zu schreiben.

Am Meer? fragt er. Ja, am Meer, sage ich. Kann ich die Medizin nicht weglassen und mich am Meer wieder ganz erholen? So einfach ist das nicht, sagt er. Das Meer kann deine Tabletten nicht ersetzen. Sie sind noch immer notwendig, um die Depression und die Ängste in Schach zu halten, um ihr Wuchern einzudämmen. Aber er ist mit der Idee einverstanden. Mit meiner Sehnsucht, die offenbar einen Weg zur Besserung kennt: Das Wasser wird sie an Land spülen.

Wir erstellen einen genauen Plan für die schrittweise Reduktion meiner Tabletten. Die heutige Dosis von 40 mg pro Tag verringern wir über drei Monate auf 10 mg, dann nehme ich zwei Wochen lang noch ein Viertel und die letzten beiden Wochen eine Achtel davon. Und dann … nichts mehr. Und das alles mit dem festen Versprechen, meine gewohnte Routine fortzusetzen: laufen, frische Luft und unter die Leute gehen.

Es war befreiend, die 20 mg-Schachtel öffnen und daraus anderthalb Tabletten einnehmen zu dürfen. Das Gesäbel beim Auseinanderschneiden der Tablette gab mir das Gefühl, die Krankheit Stück für Stück amputieren zu können. Ich müsse mich auf Entzugserscheinungen gefasst machen, hatte der Psychiater gesagt. Körperlich und geistig. Manche Emotionen könnten plötzlich wieder auftauchen und sehr heftig sein, wodurch nicht auszuschließen sei, dass ich die Dosierung erneut würde erhöhen müssen. Dann soll es eben so sein, flüsterte ich der Tablette zu, bevor ich sie mir auf die Zunge legte – ich spiele mich selbst und du spielst dich selbst, bis eine von uns das Handtuch wirft.

Mein Verlangen nach dem Meer wurde immer intensiver. Ich freute mich auf die schlichte Abwechslung aller Dinge, die mir am Herzen lagen: herumspazieren, fotografieren, Leute beobachten und Gespräche belauschen. Und dann über das Gesehene und Gehörte schreiben. Hinter dem Deich voller Appartementhäuser sah ich schon eine Landschaft aus Wasser vor mir: eine kühle Ebene, die sich in einer veränderlichen, nassen Linie am Strand verlief.

Die Warnung meines Psychiaters bewahrheitete sich. In der ersten Woche mit reduzierter Dosis wurde mir schwindlig. Die Realität presste sich nach innen, als würde sie nochmal in mir geboren. Und das tat sie tatsächlich: schreiend und erbarmungslos. Durch die Abwesenheit dieses kleinen Bruchstücks einer Tablette drehte sich alles im Kreis. Ich taumelte und mir war kotzübel: von den fehlenden Transmittern und von der Rohheit dieser Weltbruchstücke. Ich hielt mich, wie zuvor, wieder am Boden fest. Einem Boden, der zu Wand wurde, Zimmerdecke, Boden, Wand, Zimmerdecke – und das tagelang. Nur suchte ich diesmal nicht nach Halt, nach einem festem Untergrund. Ich verschmolz mit dem Schwindel und dachte an den Wirbelsturm in meinem Kopf. Was, wenn ich beschloss, mich in die entgegengesetzte Richtung zu drehen, mir selbst auszusuchen, wohin ich fiel: Könnte dann nicht endlich alles ein für alle Mal aufhören?

41

August. Der nach Kaiser Augustus benannte Monat. Ernte und Pax Romana, Pukkelpop-Festival und Lateinunterricht. August. Viele Konsonanten, zwei »Us« und ein »A« – von »Ach« und »Aiaiai«. Denn was nun? Beunruhigte Eltern und beunruhigte Freunde mit berechtigten, aber trotzdem nervtötenden Fragen. Was? Ans Meer? Willst du das wirklich machen, so ganz allein? Ja, ja, sowieso und unbedingt. Aber du rufst uns jeden Tag an, am Mittag, versprochen? Ja, versprochen. Mit Facetime, damit wir uns sehen können. Digital beruhigen und analog auf eigenen Beinen stehen – unmöglich, aber es muss sein.

August. Der nach dem Kaiser benannte Monat. Meer und Strand. Sommerzeit und Traurigkeit. Pack deine Sachen und ab die Post. Die Sonne im Nacken, heiß wie ein Flammenwerfer. Die Katze kommt nicht mit? Nein, die Katze kommt nicht mit. Ach, arme Mieze – da redet der Richtige. Unterwäsche, Flipflops, Sonnencreme, noch was? Ja, einen Montblanc-Füller, als Gegengewicht für die Plattheit dort. Also los, ich fahre! Fortgehen und ankommen. *Au* und *Gust* – Gusto in Gold. Nimm ein Tablettchen, bleib olympisch ruhig, ziele in die Mitte. Denn dann wird alles still und still ist gut.

Dopamin, Serotonin, Endorphine, Pantomime. – Nicht trödeln. Tauchen. Tu mit Überzeugung so als ob und lausche dem Geflüster der Wellen.

42

Möwen. Sie kreischen mich noch vor dem Wecker wach. Eine Hitzewelle hängt über Belgien und in meinem Zimmer schwelt eine nicht nachlassende Glut; alle meine Fenster bleiben nachts offen – es bringt fast nichts. Ich atme Meeresluft ein, aber akustisch wohne ich in einem Käfig voller Möwen, die sich offenbar Tag und Nacht überbieten wollen: Wer klaut die meisten Pommes von den herbeiströmenden Touristen?

Vom Bett aus habe ich Blick ins Freie, durch das kleine Fenster sieht man aber nur einen schmalen Himmelsstreifen. Denn neben diesem Appartementhaus steht schon die hohe, graue Wand des nächsten, und sie steht im starken Kontrast zu dem blauen Sommerhimmel. Beide Gebäude sind gleich monoton, jedoch durch ihren Standort tröstend: Sie befinden sich in einer ruhigen Straße in der Nähe des Zentrums von Ostende. Ich wohne hier in einem kleinen, gemütlichen Studioappartement, zusammen mit einer letzten Dosis Tabletten und der Überzeugung, dass die Dämonen hier endlich fortgeblasen werden, raus aufs offene Meer, wo die Containerschiffe kriechen.

Ich liege nackt auf einer backblechwarmen Matratze, und drehe mich für einen allerletzten Versuch auf den Rücken. Erst ganz leise, dann lauter, dann mit gespielter Überzeugung und schließlich, wie eine Besessene, aus voller Kehle: Ein ohrenbetäubender Möwenschrei kreischt aus meinem Mund durchs Fenster hinaus. Meine Stimmbänder brennen vor Schmerz, aber ich lache. Nicht nur wegen des aus meiner Kehle gepressten Geräusches, sondern auch, weil aus meinem Wunsch Wirklichkeit geworden ist: Ich bin am Meer, siebenhundert Meter Luftlinie von der Küste entfernt, und ich bin erleichtert, weil hier – endlich – die Welt aufhört. Direkt neben dieser geschäftigen und vollgebauten Stadt liegt eine mysteriöse Leere: salzig, nass, kühl und unergründlich. Die perfekte Mischung für einen dreiwöchigen Streifzug.

Es ist zehn nach sieben Uhr früh und die Temperatur in Ostende beträgt schon dreiundzwanzig Grad. In einem fremden Appartement bin ich ein falsch schreiender Vogel, der sich nackt vor einen geöffneten Kühlschrank stellt. Ich gönne mir zehn Minuten Abkühlung, schmiege meinen entblößten Bauch an Käse und Obstsalat, die Kühlschranklampe spielt für meine Brustwarzen Solarium.

43

Im Mai hatte ich auf Facebook gefragt, ob mir jemand ein Appartement in Ostende vermitteln könne, für ein paar Wochen im Sommer, vorzugsweise zu einem erschwinglichen Preis. Dazu schrieb ich, ich bräuchte sowohl Ruhe als auch reges Treiben, damit ich spazieren gehen und an einem Buch arbeiten könne. Nicht mal eine Stunde später schrieb mich Lieve im Chat an: Sie kannte mein Werk und besaß eine zweite Bleibe in der Stadt, zwar ohne Meeresblick, aber in der Nähe des Yachthafens und wenige Gehminuten vom Deich entfernt. Als ich fragte, wie viel die Wohnung koste, antwortete sie einfach nur: »Nichts.« Ich insistierte, sagte, das könne ich nicht annehmen, aber sie blieb dabei: »Lass nur. Schreib ein gutes Buch, bezahle damit.« Einen besseren Deal konnte ich mir nicht vorstellen.

Ich sehe mich um, dieses Studioappartement wird drei Wochen lang mein Zuhause sein. Lieve hat mir gerade eben noch ans Herz gelegt, ich solle so tun, als gehöre die Wohnung ganz mir. Dann gab mir Lieve den Schlüssel, zusammen mit ihrer Handynummer. Und sie umarmte mich mit der Botschaft, ich könne sie jederzeit anrufen, wenn etwas los sei, oder wenn ich mit ihr ausgehen wolle. Sie sagte »Meistje« zu mir, in ihrem schönen Ostender Dialekt.

»Amuzeerdjoen, meistje«, flüsterte sie: Amüsiere dich, Mädchen.

Ja, das werde ich machen, Lieve. Angefangen mit einem schwarzen Kaffee.

Dieser Ort ist genau das, wonach ich gesucht habe: Wohnzimmer, Küche, Schlaf- und Badezimmer sind einander zugewandt und bilden ein übersichtliches Territorium, in dem ich unbekümmert um den Tisch schlendern kann. Alles ist nur einen Handgriff entfernt. Weder die Frühstücksflocken gehören mir, noch die Sets auf dem Tisch, das Geschirr, die Fotos und Poster an den Wänden, noch der Geruch, aber ich spüre, wie ich mir das alles zu eigen machen werde und ich fülle meine Lungen mit Luft.

Kaffee trinkend schlurfe ich herum. »Guten Morgen, Jungs«, sage ich zu den Goldfischen im Aquarium neben dem Fernseher. Sie heißen Joost und Ivo und schwimmen, so wie ich um meinen Tisch wandere, um ihre giftgrünen Plastikpflanzen endlos im Kreis. Ob sie wohl wissen, dass es hier in der Nähe ein riesengroßes Meeresaquarium gibt? Oder sind sie froh, dass sie hier als Käfigtiere in Ruhe alt werden können, unter blauem Kunstlicht, mit Flockenfutter aus der Dose? Ein neongrüner Gummigorilla klebt mit den Händen am Glas, er blickt seitlich ins Wasser und muss für Joost und Ivo lebensbedrohlich groß aussehen. Wie wohl der Gorilla heißt? Er verdient einen Namen. Vielleicht später, nach dem Schreiben. Denn auch hier muss geschrieben werden; kurz vor meiner Abfahrt Richtung Meer hat mich eine höchst erfreuliche Anfrage erreicht: Ich darf zweimal pro Woche eine Kolumne für eine unserer nationalen Tageszeitungen schreiben.

Zweimal pro Woche meine Texte an die Zeitung. Eine Pflichtübung, die meinen Wochen nicht nur Struktur, sondern vor allem auch echte Emotionen verschafft: den Stress vor dem Schreiben und die Entladung nach der Abgabe. Die Kolumnen treiben mich ins Freie und zwingen mich, in Worte zu fassen, was mich bewegt, berührt, glücklich und traurig macht. Durch dieses auferlegte Schreiben muss ich die Welt wieder in eine Form gießen. Nicht das Geschehene ist die Wahrheit, sondern wie ich es beschreibe. Der richtige Bildausschnitt, nur mit Worten.

Von der ans Wohnzimmer angrenzenden Terrasse kann ich die Mercator sehen: ein großes, klassisches Segelschiff, das schon seit Jahrzehnten ein Museum ist. In der fünften Klasse haben wir einen Schulausflug nach Ostende gemacht, wir waren total gespannt darauf, diesen Dreimaster zu besichtigen. Meine Enttäuschung war groß, als sich herausstellte, dass wir nicht auf ihm davonsegeln, sondern nur blöde vom Deck auf den zehn Meter entfernten Gehweg starren würden. Schon seit sechzig Jahren liegt die Mercator reglos im Yachthafen, umringt von Pontons und stillem Wasser, auf dem Enten dümpeln. Auf Luftaufnahmen sieht es so aus, als wäre das Schiff von Ostende verschluckt worden: Der Yachthafen ist der Magen, die schmale Durchfahrt zur Schleuse die Speiseröhre, die nach Osten und Westen zeigenden Molen sind ein zur See hin aufgesperrter Kiefer. So betrachtet befände sich diese Einzimmerwohnung irgendwo in der rechten Niere. Um was genau zu reinigen?

(Orson. So nenne ich den Gorilla.)

44

Ich tue, was ich meinem Psychiater versprochen habe: die tägliche Routine beibehalten und, seit meiner Ankunft am Meer, nur noch Achteltabletten nehmen. Eine »Instandhaltungsdosis« hatte er das genannt, Pulver in Minimalmenge, damit der Kopf stabil bleibt.

Fische füttern, frühstücken, zweimal pro Woche eine Kolumne schreiben, mit meinen Eltern telefonieren (»ja-aa, es geht …«), Mittagessen und dann raus: Das ist mein fester Tagesablauf, den die Hitze noch zwingender macht. Sie scheint die Wände in Brand zu stecken, ab Mittag ist es in der Wohnung kaum auszuhalten. In die Stadt flüchten ist die einzige Option, aber auch da gibt es nur Asphalt und Beton. Alles strahlt, als wäre Ostende radioaktiv. Nur auf dem Deich und am Strand ist es etwas kühler: Bestimmt liegt das an den vielen Eisständen, die die Temperatur um ein mickriges Grad absenken. Die Sonne steht hoch am Himmel und alle schlagen sich mit Sahneeis den Bauch voll, als wollten sie mit unterkühlten Luftröhren das Feuer in den Lungen bezwingen.

So wie jeden Tag habe ich meinen Fotoapparat dabei, die Spiegelreflexkamera von meinen Urbex-Ausflügen. Diesmal will ich aber keine Gebäude fotografieren, sondern Menschen porträtieren: ihre Metamorphose von bleichen Figuren in angebrannte Geschöpfe. Denn im Sommer ist Ostende ein Freilichtmuseum makelhaften Menschenfleisches: Tatoos, Bierbäuche, Sixpacks, Piercings in verblühten Nabeln, geröstete Oberarme, sich schälende Nacken, orangebraune Frauen in Strandkörben, aus Brustmuskeln und strengem Haarschnitt hochgezogene, geile Schönlinge, haarige Rücken, Narben auf allen möglichen Gliedmaßen, Pickel, Schrammen, Muttermale, falsche Schnurrbärte, falsche Torsos und gelbe Gebisse in violett verbrannten Gesichtern.

Mein Fotoapparat ist die beste Entschuldigung für das ungenierte Bespähen all dieses Fleisches, und ich ertappe mich bei einer bizarren Art von Fetischismus: Je grotesker die Kombination von nackt, schwabbelig, Körperbemalung und Sockenwahl, desto vehementer will ich sie vor der Kamera haben. Ohne nachzudenken, gehe ich auf die schönsten Exemplare zu und frage, ob sie Zeit für ein Porträt hätten. Fast immer sind sie einverstanden: Es sind Ferien und auf einem rammelvollen Strand auserwählt zu werden, hat doch bestimmt was zu bedeuten – hat es: das Aufeinandertreffen von Exhibitionist und Spanner. Es muss ein seltsamer Anblick sein: ich, mit ernster Miene und gestikulierend; sie, vergnügt und halb beschwipst, in einem Rausch aus Limonade, Klatschgeschichten und UV-Strahlung.

Ich schlendere durch die Stadt und schaue. Ich stöbere nach Menschen: nach ihrem Tun und Lassen, ihrer Langeweile und ihrer Aufregung. Ich bestaune die Terrassen voller Partyinseln. Väter, Mütter und

Kinder hängen erschöpft an kleinen Plastiktischen mit Waffeln, Fristi-Joghurtdrinks und örtlich gebrautem Bier. Im Gegensatz zu Urbex können es die Gebäude diesmal nicht mit den Besuchern aufnehmen, denn wer achtet in einem sonnenüberströmten Zoo schon auf die Architektur? Meine Kamera quillt über vor Haltungen und Gesichtern, die abends, beim Durchsehen meiner Tagesernte, nochmal Revue passieren. Ich starre Löcher in die Fotos, bis ich begreife, dass ich nie zu ihrem Inhalt durchdringen werde. Also schreibe ich meine Lieblingsbilder jeden Abend zur Ordnung, Absatz für Absatz, manchmal, um nicht mehr als eine Handgeste in die richtigen Worte zu fassen.

Nach den Fotosessions am Strand gehe ich an den Brasserien mit Meeresblick vorbei. Mit Lieve betrete ich alle paar Tage eine von ihnen und dann schwatzen wir. Sie kennt die interessantesten Lokale und was man dort am besten trinkt. Hier ist der Kaffee am größten, dort das Fassbier perfekt, dort drüben bekommt man die besten Cocktailnüsse zur Cola. Nach einer Stunde Ratschen fragt sie mich meistens, wie es mir geht, denn sie weiß von meinem Zustand; meinem Ausgangspunkt. Mit ihrer Wohnung schenkt sie mir auf ihre Art Geborgenheit; mit ihrer wiederkehrende Frage löst sie mich auf ihre Art von dem Schild, das ich täglich in Form einer Kameralinse vor mich halte, zwischen mich und die Welt.

»Ich weiß nicht so recht«, sage ich jedes Mal. »Ein bisschen leer, aber auf angenehme Art.«

»Gut«, sagt Lieve. »Mehr brauchst du auch nicht, Meistje. Leer ist gut, so wie das Meer. Schau über den Strand hinweg und erkenne dich selbst: unten jede Menge Wasser mit Tieren drin und oben fahren

Schiffe. Die Tiere schwimmen und die Schiffe fahren – und beide kommen weiter.«

Ja, sie kommen weiter. Weil ihre Schnauze immer vor ihrem Hinterteil ankommt. Und so umrunden sie die Welt – immer weiter in riesigen Kreisen. Wie viele solcher Ringe passen eigentlich in ein Menschenleben? Ein einziger, für die Auserwählten? Ich betrachte den Deich, den Strand, das Meer, den Horizont, und frage mich, wie letzterer unter Wasser aussieht. Steigt dort die Sonne in die Wellen? Hängen da die Unterseiten von Regenbögen? Kleben Schiffsrümpfe umgekehrt im Nichts? Und ist das überhaupt wichtig, liebe Lieve?

»Le bord d'eau«, »C-bar«, »Marabello«, »Elyzee«, »Toi moi et la mer«: je auffälliger die Namen der Brasserien, desto größer die Wahrscheinlichkeit, dass wir sie betreten werden. Die mit Tagesausflüglern gefüllten Terrassen lassen wir links liegen. Hinter den Plastikstühlen und -tischen sind oft noch alte, originale Interieurs zu finden. Manchmal findet man dort auch ein bisschen Schatten und Abkühlung. Heute gehe ich allein in ein Lokal, denn die Sonne drückt mir schon seit einer Stunde auf den Kopf und langsam wird mir schwindlig. Ob ich hier reingehen soll? Weil der Name dieser Brasserie so gar nicht zur Umgebung passt, hatten Lieve und ich uns versprochen, erst an unserem letzten gemeinsamen Abend dorthin zu gehen. Aber ich kann nicht widerstehen, die Hitze ist zu überwältigend. Also stehle ich unseren Moment und gehe rein. »Chamonix« steht in Riesenbuchstaben über dem Eingang: der Name des weltberühmten Bergdorfes hier am Fuße der Nordsee. Näher werde ich einem Alpengipfel nie kommen.

Auf das Furnier des runden Tisches lege ich meinen täglich mitgebrachten, wachsenden Stapel Ansichtskarten vom Meer. Ich suche die verrücktesten und die ordinärsten: ein Close-Up von Sportsocken in Plastiksandalen; Hündchen mit Sonnenbrille und Windmühle auf dem Kopf; glänzende, nackte Frauenkörper am Strand, darüber auf Deutsch und in Neonbuchstaben: »Grüße aus Ostende«. Ich entscheide mich für die deutschen Frauen und schreibe auf die Rückseite eine kurze Nachricht an mich selbst, auf dem Weg zur Wohnung werde ich sie in den Briefkasten werfen. Jetzt will ich mich erst mal abkühlen und dann noch ein bisschen in der Stadt fotografieren. Ich bestelle einen Eistee und ein Glas Eiswürfel. Chamonix lässt mich zittern, und draußen surft jemand über einen Gletscher.

45

»H, h, H, H, h, h, h.«

Der sich stets wiederholende Buchstabe tut so, als würde ich lachen, doch mein Mund bleibt bewegungslos und meine Miene ernst. Nur durch Zufall bin ich bei »H« gelandet – »H« für »Hitze«. Und wenn ich es hier nicht finde, werde ich genauso zufällig bei »B« (für »brütend«), »S« (für »sengend«) oder »G« (für »glutheiß«) weitersuchen. Nach einem kurzen Spaziergang ohne ein einziges gelungenes Foto musste ich der Sonne wieder entkommen. Wohin jetzt? Ich bin links abgebogen, durch eine Passage gegangen, dann wieder nach rechts und hier habe ich Zuflucht gefunden – meine Haut brennt, ich bin erleichtert, mich hier verstecken zu können.

Ich stehe in »Corman«, der westlichsten Qualitätsbuchhandlung von ganz Belgien und der Niederlande. Das Interieur ist wunderbar uninteressant, die Begriffe »Design« und »Stimmungsbeleuchtung« sind fehl am Platz. Es gibt hier nichts als Bücher, aufgetürmt und in überquellenden Regalen aneinander gepresst. Zwei andere Kunden, ein junger Mann und ein Mädchen, durchforsten die Regale in gebeugten

Posen. Ich würde gerne wissen, was in ihren Köpfen vorgeht, sehen, wie die vorbeiblitzenden Buchstaben Autorennamen und Titel wachrufen, bis der Buchhalter hinter den Augen plötzlich »Das ist es!« ruft. Das Mädchen zieht mit einem dicken Kinderbuch davon, der Mann steht am Ende des Alphabets zweifelnd bei Zweig (das »Z« steht für »zerschmelzen«).

Den Umweg habe ich nicht nur wegen der Hitze und des Menschengewühls im Stadtzentrum gemacht. Seit meiner Ankunft in Ostende vor zwei Wochen muss ich auch wieder sehr oft an den Traum über meinen Ex-Freund denken, und an das Buch, das er mir darin geschenkt hat. Der Traum ist meinem Kopf entsprungen, also muss auch das Buch noch irgendwo in meiner Erinnerung sein. Aber es entwischt mir ständig. Dutzende Male habe ich mir die gleichen Fragen gestellt: War es ein Taschenbuch oder ein Hardcover? War der Buchrücken dünn oder dick? War der Umschlag schlicht oder überladen? Ein- oder vielfarbig? Und welchen Anfangsbuchstaben hatte der Nachname des Autors? Gab es im Titel ein Fragezeichen?

In unmittelbarer Nähe flüstert mich eine Stimme aus meinen Träumereien.

»Pardon, kann ich vielleicht helfen? Suchen Sie etwas Bestimmtes?«

Noch immer habe ich keinen blassen Schimmer, welches Buch mir da im Schlaf erschienen ist.

»Nein, tut mir leid, ich habe eigentlich keine Ahnung. Vielleicht gibt es das Buch, das ich lesen will, noch gar nicht …«

»Ah, in dem Fall müssen Sie es vielleicht selber schreiben«, sagt die Stimme und verschwindet wieder zur Kasse. Ein guter Oneliner für einen Buchhändler.

Hat er mich wiedererkannt, oder sagt er das zu allen unentschlossenen Kunden? Ich entscheide mich für Letzteres, weil es den Abgang ohne Ankauf ein bisschen weniger unangenehm macht.

Auf der geschäftigen Einkaufsstraße, die ich auf dem Weg zu den ruhigeren Straßen in der Nähe meiner Wohnung überqueren muss, höre ich Tumult. Ich greife zum Fotoapparat und laufe auf die Menschenansammlung zu. Gejohle ist zu hören, Hunde bellen und über dem Gewühl fliegen kreischende Möwen wie in die Höhe geschickte Jo-Jos auf und ab. Ich stelle mir das Schlimmste vor: Ein betagter Mensch mit Rollator ist auf den Kopf gefallen und liegt blutend neben dem Bordstein, die Seevögel zanken sich um seine Augäpfel.

Aus der Nähe bietet sich mir ein viel unschuldigerer Anblick. Ohne zu zögern, beginne ich zu fotografieren. Im Sucher wird aus stillen und bewegten Bildern ein Possenspiel. Es wird gelacht, mit dem Finger gezeigt. Neben mir erzählt jemand, dass zwei Gemeindeangestellte Eis an die bummelnden Touristen verteilt hatten. Die umherkreisenden Möwen – ob aus Überhitzung oder einfach nur auf der Suche nach einem leichten Bissen – fackelten nicht lange und organisierten einen Luftangriff auf die Süßigkeit. *Klick* – auf dem Boden winden sich die beiden Angestellten, sie tragen T-Shirts mit einem riesigen »O« auf der Brust. *Klick* – ein Pekinese mit Sahneeis auf dem Kopf wirft sich auf eine Möwe, deren Schnabel in einer Eistüte feststeckt. *Klick* – vor lauter Aufregung und Angst kacken die Möwen beim Hochfliegen blindlings in die johlende Menge, aus Eis und Vogeldreck entsteht eine farbenfrohe Lache mit penetrantem Geruch. *Klick* –

klick – *klick* – *klick* – Sirenen; ein Streifenwagen hält an; ein kleines Kind rührt zwischen den Beinen seines lachenden Vaters im Vanilleeismatsch; als sich die zwei Os aus dem Farbensee hochrappeln, reicht ihnen eine schallend lachende Schwarze Frau in Nike-Leggings ein Handtuch. *Klick.*

Klick.

Ich liege auf dem Bett, nur im Slip, alle Fenster offen. Es ist Nacht, trotzdem kreischen die Möwen noch immer. Feiern sie ihren Sieg, oder haben sie einen Zuckerschock und fliegen deshalb zwischen den Masten des Yachthafens im Kreis? Einschlafen will mir nicht gelingen, und ich grüble, weil meine letzten Tage in Ostende angebrochen sind. Geht es mir jetzt besser oder verhüllt diese Umgebung meine wahren Gefühle? Lieve hatte gesagt, ich dürfe sie jederzeit anrufen, also rufe ich an.

»Hallo Meistje, nein, du störst nicht, sowieso nie, das weißt du doch? Ich hab noch ferngesehen.«

…

»Natürlich können wir uns verabreden. Und weißt du, drei Tage sind noch viel, da kann es noch stürmen und schneien. Hör zu, ich lade dich morgen zum Mittagessen ein. Ja, bei den Königlichen Galerien, weißt du, wo die sind?«

…

»Super. Sehr gut. Ja, bis morgen! Und schlaf gut, ja? Du hast doch alle Fenster offen, oder?«

Ich liege im Bett, nur im Slip, alle Fenster offen, und ich schlafe gut.

46

Zehn Uhr Vormittag: dass Wärme so aufdringlich sein kann. Ich stehe vor einer Hausfront voller Sprossenfenster und glänzender Scheiben, und mir ist, als hätte ich mich über hunderte Meter Kaugummi hierher geschleppt. Heute muss ich keine Kolumne schreiben, und erst in zwei Stunden werde ich Lieve sehen, genug Zeit also, dieses Gebäude zu betreten. Gemälde gibt es darin im Überfluss, aber ich hoffe vor allem auf Abkühlung. »Mu.Zee« steht über dem Eingang, dies ist der Ort, wo sich James Ensor, Constant Permeke, Jean Brusselmans und Léon Spilliaert an weißgetünchten Wänden langweilen. Weil sich zu dieser Stunde niemand sonst hier rein wagt, muss ich die Glastür in Richtung Leere selbst aufdrücken.

Im Inneren entfaltet sich ein Labyrinth. Treppen, Türen und Durchgänge verbinden immer neue Räume. Große und kleine liegen Seite an Seite, als hätte man einen Überschuss an Kubikmetern husch, husch in alle möglichen Behälter gestopft. Binnen kürzester Zeit verliere ich die Orientierung, also rufe ich zur Nervenberuhigung meine Eltern an. (»Es ist erst elf, ist was passiert? Es geht dir doch gut, oder? Ja, was dachtest du denn, bei dem *scheenen* Wetter geht doch keiner ins Museum. Und hast du für heute Mittag was zu essen? Ist wirklich alles in Ordnung? Und sag, hast du dich auch gut eingeschmiert?«) Danach irre ich weiter durch das stille Weiß. Die zeitgenössische Kunst, bei der mich manche Werke an die Eis-mit-Kacke-Lache von gestern erinnern, lasse ich links liegen. Weiter hinten im Museum hängen Klassiker, und ein paar Gemälde berühren mich: mitreißende und schauderhafte – und bei einem werde ich starr vor Schreck. Ein Werk von Spilliaert von 1908: »Selbstporträt im Spiegel«, es versetzt mich zurück an den allerersten Tag, letztes Jahr, als mich die Depression überwältigte. Mit offenhängendem Mund und einer leeren Augenhöhle steht der Maler vor dem Spiegel, wie eine Mumie. Was ich hier vor mir sehe, hat sich mir auch damals in seiner ganzen Grauenhaftigkeit dargeboten: ein Gesicht – aber es zeigt nicht mehr, wem es einmal gehört hat. Das graue Außen eines abgesaugten Innenlebens. Eine Totenmaske.

Mein Brustkorb schnürt sich zusammen und krampfende Angst taucht wie aus dem Nichts auf. Zum ersten Mal seit Langem presst der Boden wieder gegen meine Fußsohlen, kommen die Wände auf mich zu. Jede Faser meines Seins will entkommen, doch anstatt fortzurennen, trete ich näher heran. Zitternd stelle ich mich vor den ausgemergelten Kopf und flüstere dem Maler zu: »Das Meer wäscht alles weg. Das Meer walzt alles platt. Das Meer ist das Meer, du Scheißfarbklecks. Das Meer ist verdammt noch mal das Meer!« Weil ich die Leinwand mit der Nase fast berühre, ertönt ein Alarm, ein »Ping!«, das meine

Trance durchbricht. Ich weiche zurück und flüchte zum nächstgelegenen Ausgang, aber im Treppenhaus nach unten spüre ich, wie ein Gummiband aus dem Malerauge an meinem Rückgrat zieht. Erst stark, dann schwächer, dann kaum noch spürbar, dann gar nicht mehr. Jeder Schritt nach unten schneidet sich tiefer in das ziehende Kabel ein. Zu ebener Erde hat das Meer seine Arbeit getan: waschend, walzend und verdammtnochmalend. Die Angst ist verschwunden.

Im Museumshop kaufe ich Ansichtskarten für meine Sammlung, und dem Mann an der Kasse sage ich, wie verwirrend dieses Museum ist – zu viele Türen, zu viele Gänge, zu viel Leere.

»Sie sind nicht die erste, die das sagt, junge Dame. Es sollte ja auch gar kein Museum werden. Ursprünglich war das ein Kaufhaus. Hier wurden Schuhe verkauft, Trittleitern. Spielzeug. Waschpulver. Und Essen natürlich, von Wurst bis Schmelzkäse. Auf jeden Fall keine Kunstbücher, geschweige denn Karten von Gemälden.«

»Ach, das ist dann so ähnlich wie beim Postgebäude«, antworte ich, »das ist jetzt ein Kulturzentrum.«

»Genau, da ist es genauso. Aber aus fast allem in Ostende ist inzwischen etwas anderes geworden; oder es wird etwas anderes: das Hippodrom ist ein Golfplatz, die Königliche Villa eine Seniorenresidenz, die Pferdeställe eine Sporthalle, das Casino ein Konzerthaus, der Kulturpalast ein Einkaufszentrum, und im alten Fischerhafen werden jetzt Luxusappartements für reiche Antwerpener gebaut. Und wo ich schon dabei bin: Auch Ostende selbst ist etwas anderes geworden, wissen Sie. Vor langer Zeit lag es noch auf einer Insel, jetzt hängt es mit Bahngleisen und einer Autobahn an Brüssel fest. Wie zwei Hosenträger, die uns ins Landesinnere ziehen.«

»Ja, vor Brüssel gibt es kein Entrinnen! Aber vielleicht stellt sich das irgendwann noch als Glück heraus, denn wenn das Wasser weiter steigt, können sie euch an den Hosenträgern hochziehen ...«

»Da mach ich mir keine Sorgen! Ich kann noch vier Stockwerke rauf, und wenn ich dann auf dem Dach bin, bin ich wahrscheinlich eh schon in Pension. Landeinwärts kriegt mich keiner, höchstens, um mich unter die Erde zu bringen. Hoffentlich mit einem schweren Anker, damit ich nie mehr hochkomme.«

Er zwinkert und ich gleite lächelnd durch die Glastür. Draußen winke ich fröhlich mit meinen Karten: Spilliaerts Spiegelkopf weht durch die Luft und neue Besucher sehen mich erstaunt an. Es ist inzwischen zwölf Uhr, jetzt aber schnell zu Lieve. Noch einen halben Kilometer Kaugummi und dann ausgiebig schwatzen. Über die Hitze wahrscheinlich, die Ostende noch immer wie ein Handschuh umschließt.

47

Lieve fällt mir um den Hals, drückt mich herzlich an sich und gibt mir einen Kuss. Wir sitzen auf Rattanstühlen, zwischen uns eine makellose runde Tischdecke, der Ober im schwarzweißen Anzug nimmt unsere Bestellung auf. Er sieht aus wie ein Pinguin mit Notizblock und flitzt gekonnt zwischen den Tischen hin und her. Aus Gewohnheit will ich einen Kaffee bestellen, aber Lieve kommt mir zuvor: eine Flasche Weißwein im Eiskübel und zwei perfekte Gläser – ein wohliger Schauer durchfährt mich bei so viel gespieltem Chic. Es dauert nicht lange, und sie fragt mich, wie es mir geht. Mein Anruf zu nächtlicher Stunde hat sie offenbar doch beunruhigt.

»Ich trau's mich fast nicht zu sagen, Lieve: besser, glaube ich. Sogar gut. Alles hier ist so wohltuend. Die Atmosphäre, die Sonne, die Meeresluft, deine Wohnung, auch deine Anwesenheit.«

»Das sehe ich, Meistje, du strahlst. Ich freue mich für dich. Am liebsten würde ich dir ein Schnürchen um den Fuß binden, so leicht und zufrieden siehst du aus. Wie ein Luftballon.«

»So fühle ich mich auch. Aber genau das macht den Abschied auch so schwer. Ich will gar nicht wissen, was mich zu Hause erwartet.«

»Hör mal, Ostende hat damit gar nichts zu tun. Die Spaziergänge, das Fotografieren, das Schreiben, ja, das Schreiben, das alles ist ja in deinem Kopf. Das ist deine Meeresluft. Das Einzige, was du hier gemacht hast, ist wieder atmen lernen, und das ist dir gelungen. Übermorgen verlässt du zwar Ostende, aber Ostende verlässt dich nicht mehr. Es ist alles in Ordnung, Meistje, du hast das gut gemacht, wegfahren ist deine Belohnung, dein Geschenk. Aber komm, schweigen wir lieber und schauen wir in die Wellen, es sind wohl neue heute. Bringen wir einen Toast aus. Auf das Meer!«

»Ja, Prost! Auf das Meer. Unser Meer! Ich bin wirklich dankbar, Lieve. Für die Wohnung, für Ostende. Für all die Luft zum Atmen. Und stolz bin ich auch. Weil ich meinem Gefühl bis hierher gefolgt bin, ich hab gewusst, dass ich das brauche. Und trotzdem nagt da noch etwas an mir. Ich will nicht weg ohne passenden Abschied. Ich hab das Gefühl, ich muss noch etwas tun. Eine Art Übung, damit ich dem Meer den Rücken kehren kann, damit ich fortgehen kann, ohne fortzugehen.«

»Mariakerke, Meistje. Du musst nach Mariakerke. Das ist hier ganz in der Nähe. Geh gleich nach dem Essen hin, und lass dir den Wein und unser Geschnatter dabei aus dem Kopf wehen. Einfach hier nach links, drei Kilometer am Deich entlang bis zu der kleinen Kirche neben dem Grab von Ensor: Ein halbes Stündchen brauchst du dorthin. Ich kenne keine schönere Art, Ostende Merci zu sagen, als in aller Ruhe einen Nachmittag dort zu verbringen.«

Ihre Augen leuchten. Die Sonne flimmert und macht unseren Schattenplatz dunkel und träge. Wir essen Linguine mit Jakobsmuscheln und beobachten die Passanten. Unsere Haare regen sich in der gleichen Brise, in der auch die Möwen matt ihre Ovale über der Brandung ziehen.

»Eins noch, dann lass ich dich in Ruhe. Wie sieht es denn jetzt mit meiner Bezahlung aus?«

»Was meinst du?«

»Nun ja, das Buch, das du als Wohnungsmiete schreiben wolltest?«

»Ach ja, die Miete, das Buch! Weißt du, ich hab daran gedacht, hab sogar ein paar Mal damit angefangen, aber irgendwie schreibe ich immer das Gleiche, es hat keinen Tiefgang. Über den violetten Abendhimmel und die Weitläufigkeit des Meeres, oder über den Geruch von Sonnencreme in jedem Laden. Wörter, die ein jeder hier täglich hunderte Male denkt oder sagt – alles völlig bedeutungslos. Ich hab's wirklich versucht, aber es war mehr aus Bewunderung als aus Überzeugung. Es las sich wie der Liebesbrief eines Teenagers.«

Sie schiebt die Hand über den Tisch und legt sie auf meinen Arm.

»Ich finde, das klingt *scheen*. Selbst wenn du nur eine Seite schreibst: Mach einen Umschlag drum rum, schreib deinen Namen darauf und schenk's mir. Ich werde dein Buch in die Wohnung legen, neben die Fische und den Affen. Verliebtheit ist nie bedeutungslos, Meistje. Verliebt sein heißt Mensch sein. Lass uns das nach dem Essen mit den Füßen in den Sand schreiben.«

»Ja«, sage ich, »dort, über der Strandlinie.« Und ich lege ihr den Arm um die Schultern.

48

Du läufst über den Deich, und der Nachmittag zieht vorüber, so wie die Gokarts und die Roller und die entblößten Männerkörper auf Skateboards. Jeder Schritt flüstert »bye bye Ostende«, und der fahlgelbe Fußweg zaubert dir den Geruch von Pudding in die Nase. Du gehst in einem Traum, du bist dieser Traum, du bist der leichtfüßige Rausch einer Flasche Moselwein.

»Mariakerke«, steht auf einem Metallschild neben den Straßenbahngleisen, der Grenze zwischen Stadt und Dorf. Du siehst schon, wo die Appartementhäuser aufhören und endlich Dünen wie Kugeln aus Kartoffelbrei am Weg liegen. Deich bleibt Deich, Strand bleibt Strand, aber wie weit reicht diese Dorfgrenze ins Meer? Bleibt sie an einer Sandbank hängen? Oder berührt sie erschöpft einen Kreidefelsen in England? Mit platschenden Flipflops trittst du über diese imaginäre Linie. Dass du sie problemlos überqueren kannst, ist Ketzerei. Du, das leidenschaftlich antiklerikale, antipäpstliche, Anti-Hostien-Hokuspokus-Orakel, das mittlerweile einer eigenen Religion mit nur einem einzigen Glaubensgrundsatz anhängt: Bei völliger Auflösung ist der Boden die Lösung für dich. Mit dem Rücken hast du ihn gestreichelt, mit ratlosen Fäusten auf ihn eingetrommelt, ihn gekratzt, bis deine Nägel brachen – der Boden blieb, wo er war. Er trug dich in den vier Wänden deiner Wohnung, sicher und stabil, und im geeichten Abstand zur Zimmerdecke. Er war der Balken, auf den du Kopf, Knie, Bauch und Beine legen konntest – das stabile Knochengerüst, das dem Wirbelsturm standhielt.

Du spazierst in das Dorf Mariakerke und verfolgst mit den Augen, wie ganz in der Nähe ein Passagierflugzeug hochdröhnt, um dann langsam über dem Meer eine Kurve ins Landesinnere zu ziehen, weg von der Aussicht, denn dem Meer gehört die Stille. Du stehst neben der Kirche. Du siehst, wie die scheinbar endlose Zeile der Appartementhäuser hier im neunzig-Grad-Winkel abbiegt und das Feld freigibt für Gras, Dünen und den stümperhaftesten Friedhof überhaupt: Grabsteine liegen rum, als hätte jemand mit ihnen gewürfelt. Granitklötze sind es, Speicher der Zeit. Auf einem von ihnen steht »...aron James Ensor«. Im Titel das »B« ausradiert, damit der Volksmaler Volksmaler bleibt. Du siehst, wie andere Besucher still umherwandeln und zur Ruhe kommen, hier, wo einmal Dünen waren: kilometerlange Sandhaufen mit hie und da ein paar Backsteingebäuden, zwischen denen Menschen dem Wind die Stirn boten. Die Sonne flirrt, keine Wolke in Sicht, Möwen zeigen, dass man auch bewegungslos und mit schallendem Gelächter fliegen kann.

Du bist wieder beim Kirchentor. Es steht offen. Sollst du? Ja, du sollst. Die Kühle und Stille tragen dich bis ins Mittelschiff. Du erkennst das Weihwasserbecken wieder und weißt noch, was ein Schiff ist. Du siehst eines links von dir, und auch das, in dem du stehst, aber welches ist das Seitenschiff des anderen? Du siehst die Kanzel in Form eines Schiffsrumpfs, du siehst die Holzvertäfelung und das Gebälk an der Decke. Ein christliches Chalet, denkst du gezwungen, aber eigentlich ist dir klar, wie einfach schön es hier ist – wenn das nur dein Inneres sein könnte. Die Stimmung ist ruhig, erdverbunden, zurückhaltend, einfach. Das Gegenteil der zum touristischen Flipperautomaten verkommenen Küste. Du schlenderst weiter, ziehst in diesem Rechteck voller Spitzbögen und Säulen deine Kreise. Niemand ist da, du bist allein, die Luft hier gehört ganz dir.

Dann zieht dich etwas in eine Seitenwand. Eine Seitenwand mit einer pompösen Marmornische, in der zwei Goldstatuen von billigen Spots beschienen werden. Du trittst näher und betrachtest den Marmorblock, auf dem die Statuen stehen. Es ist ein in der Mitte ausgehöhlter Altar. Die längliche, glattgeschliffene Aussparung ist von oben beleuchtet. Es liegt eine Statue darin. Das Bildnis einer Frau, sie ist ganz in sich gekehrt. Und plötzlich hört alles auf. Einfach so. Du, die Kirche, die Luft und die Leere in deinem Kopf. Es hört auf.

Eine weiße Marmorfrau.
Sie liegt auf dem Boden, nach unten gewandt.
Wie im Mutterschoß.
Wie in einem weißen Fleck geborgen.
Als wäre ihr Liegen zu einer Lebenshaltung geworden.
Sie sieht nicht *zu* Boden, sondern *in* den Boden.

Sie ist der Boden.
Sie ist Boden geworden.
Sie wurde gefesselt und bandagiert.
Ein Sägemesser schnitt ihr kaltblütig
die Kehle durch.
Hatte sie Angst während dieses Schnitts,
oder war sie unantastbar, ausgestreckt,
blickte sie nur noch in ihren eigenen Bodenkörper,
in dessen Innerem es nichts als schattenreichen
Trost gab?
Heilige Cäcilia, Patronin der Musik.
Skulptur der Anti-Angst.
Unbefleckt. Windstill. Beruhigt. Schlicht.
Selbst niedergestreckt bist du,
bist aber allem gewachsen,
kein Messer kann einen Schatten durchtrennen.

Du fängst an zu weinen. Heftig. Hör auf, du dumme Kuh! Du schlägst dir mit der flachen Hand auf die Wange. Nochmal. Und nochmal. Du legst dich rücklings auf die Stühle neben der Statue und machst ein Foto von dir. Der Bildschirm leuchtet auf, aber es hat sich nichts verändert: Unter denselben Haaren erscheint dasselbe Gesicht über demselben Hals und denselben Schultern. Die Veränderung muss sich also irgendwo hinter dem Bildschirm vollzogen haben, unter der Haut. Jedenfalls tief im Schatten verborgen. Du schwebst auf Kirchenstühlen über dem Boden, über dir selbst, über dem Meer. Du schwebst aus dem Bild und schläfst wie eine Schwalbe im Aufwind.

49

Wie die untergehende Sonne Richtung Horizont kämpfe ich mich durch den Sand Richtung Brandung. Dies ist die »magische Stunde« kurz vor Einbruch der Dunkelheit: Das Licht kommt von überall und nirgendwoher zugleich und alles ist in eine sanfte Glut getaucht. »Nu is van Kalifornies goud de tijd«, »Jetzt ist aus kalifornisch Gold die Zeit«, dichtete Paul van Ostaijen – ja, Paul, jede Sekunde hier ist eine Ewigkeit wert: Tick. Tick. Tick. Aber wie macht man das, dem Meer danken für seine Hilfe, für seine Existenz? Die Wellen küssen? Die Brandung umarmen? Die Fernsicht streicheln? Nein, barfuß durch das Wasser waten! Es ist Ebbe, also führt meine Wanderung von Mariakerke nach Ostende auf einer geraden Linie kaum merklich weg vom Deich und seinen aufleuchtenden Häusern.

Meine Zehen ergreifen den Sand und meine Fersen drücken die Nässe unter meinen Fußsohlen weg. Das anschwappende Wasser bringt mich immer wieder aus dem Gleichgewicht. Wie ein Kind trippele ich von Welle zu Welle und mache hüpfend Fußabdrücke in den Sand. Das Meer fegt sie mit einem Rauschen in die Tiefe. Wie viele Fotos habe ich inzwischen von der untergehenden Sonne gemacht? Genug für einen Kurzfilm, aber noch immer zu wenig, um endlich Abschied nehmen zu können. Also klick – noch ein Foto, von einem noch etwas violetter gefärbten Himmel. Ich klettere über raue Kiesel auf den Rücken eines Wellenbrechers und stelle mich breitbeinig darauf. Unter meinem Hintern ragt ein Riesenpenis in die Nordsee und ich spüre, wie sich mein Mund zu einem Grinsen verzieht.

Die Sonne steht im Begriff, mit dem Wasser zu verschmelzen und ein Stück von mir entfernt liegt eine halb umgekippte Boje mit einer verschlungenen Kette im Sand. Ein Ohrring, denke ich, von einem Wal oder von einer kräftig gebauten Meerjungfrau, und gehe darauf zu. Aus der Nähe wird das Ausmaß der Boje sichtbar. Sie ist übermannshoch, hat unten einen dicken Rand und oben ein Licht. Ihr grelles Gelb zwingt die wegsinkende Sonne in ein tiefes Orange. Jetzt stehe ich davor und betaste den rauen Kunststoff auf der Außenseite. Dann starte ich einen Versuch, darauf zu klettern, halte aber inne, als ich kichernden Gesang höre:

»Ich hab die Sonne in die See sacken sehen, ich hab die Sonne in die See sacken sehen! Ich hab die See beim Sonnen gesehen, die Sonne seen gesehen, meinen Sack beim Sonnen in der See gesehen!«

Auf der anderen Seite sitzt ein pudelnackter, braungebrannter Mann mit büschelweise rotem Kraushaar an allen erdenklichen Stellen und einem fetten Golfball-Tattoo auf dem Oberarm. Mit geballten Fäusten klopft er sich auf die Brust und ruft lauthals zum Horizont:

»Schlaf gut, ja! Morgen nochmal das Gleiche!«

Gleich darauf dreht er den Kopf zu mir.

»He, Madamchen! Haste schon mal den ganzen Tag auf hoher See mit bloßem Hintern auf ner Boie gesessen?! Na, ich auch nich, aber ich hab mir gedacht, ich werd heute mal üben. Siehste mein Kopp: heut Morgen noch schwarze Haare und so weiß wie 'n Schälchen Milch, und jetzt so braun wie 'n Schokotopp, unglaublich! Aber ging ja nich anders: Sonnencreme vergessen, Badehose auch und nix mit zum Trinken. Aber ich hab keinen Sonnenstich, sondern einfach nur 'nen Stich, da kann man nix machen. Aber du kennst ja den Ausdruck, ne: In der Birne ist was lose, aber nicht so in der Hose! ... Ich hab die Sonne in die See sacken sehen, ich hab die Sonne in die ...«

Dann packt er seinen Oberarm und hält mir das Tattoo vor die Nase.

»Siehste das, Madamchen? Weißt du, warum ein Golfball so viele Grübchen hat? Ne? Damit er so weit wie möglich fliegt, irre, wa!?«

Eine Möwe fliegt dicht über unsere Köpfe hinweg, während weiter drüben Dutzende hochschnellen und aufgeregt über den Strand schießen.

»Die sin wild, die Vögel! Schon den ganzen Abend. Alle Angst, dass morgen die Sonne nich mehr aufgeht, obwohl sie das schon Millionen Mal gemacht hat. Und du, Madamchen? Haste auch Angst oder biste wild heut Abend? Und haste noch was vor?«

»Ja«, sage ich und starre ihn begeistert an, »so weit wie möglich fliegen.«

»Uiui, haste dafür wohl genug Grübchen?!«

Er wirft seine Mähne zurück und erwidert meinen Blick ebenso neugierig.

»Grübchen? Ja ja, keine Sorge, mehr als genug. Unter der Haut hab ich die …«

»Uiui, echt wahr? Cellulitis?«

»Hihi, ja, so ungefähr. Grübchen im Kopf, unter den Haaren irgendwo, schwer zu sehen. Aber vielleicht sind sie bald alle weg, ich hab nämlich endlich die richtige Medizin gefunden: Meeresluft.«

Er grinst breit und zwinkert.

»Da sagst du's. Gibt nix Besseres, Madamchen, als Meeresluft. Die sollte man in Buddeln füllen und ins Land rein bringen. Meeresluft à volonté, für einen Euro die Flasche. Aber dich muss keiner zurückfliegen, du siehst ja aus wie diese Boie hier. Du spendest Licht. Gegenlicht! … Ich hab die Sonne in die See sacken sehen, ich hab die Sonne in die See sacken sehen … Sag *salu è*!«

»Ja, salut! Und vergiss morgen die Badehose nicht!«

Den Gesang im Rücken gehe ich neben den Möwen her, die im Wind noch immer auf- und abschnellen. Die Sonne schaukelt schon irgendwo im Meer und die einfallende Nacht fegt nun auch den letzten Schimmer über den Rand in die Tiefe. Ostende liegt todmüde an Land und ich glühe vor Zufriedenheit.

50

Mit geschlossenen Augen, das Gesicht auf dem Kopfkissen, liege ich nackt und tränenbenetzt im Dunkeln. Leichte Tränen sind es, sagen wir eine Art Nieselregen, aus Kummer über den Abschied und aus Dankbarkeit für den Aufenthalt. Die Erleichterung rinnt mir aus den Augenwinkeln und saugt sich in den Stoff. Das Meer windet sich aus mir heraus, denke ich, es ist bereit für andere verzweifelte Fälle: Boienbesitzer, Ober mit Pinguinkomplex, Männer mit Zweig-Fixierung, Kühlboxtouristen mit Piercing-Stress. Es sei ihnen vergönnt, das Meer als salziger Sirup bei Hirnbeschwerden, und ich grinse in mein Kissen. Das Lächeln reicht nur einen Millimeter weit, scheint aber zimmerbreit. Morgen sehe ich Papa und Mama wieder; mein Rennrad und Mehmet; den Boden und die Katze; und ein trockenes Kopfkissen. Morgen früh steige ich in den ersten Zug nach Hause, mit einem Sack voller Schmutzwäsche, einem Computer, einer Menge Notizbücher und einer Kamera voller Fotos. Meine Nase läuft und ich schwitze, denn es ist noch immer brütend heiß. Sogar um diese Zeit, kurz nach eins, und bei geöffneten Fenstern.

Kurz vor dem Schlafengehen machte ich ein allerletztes Foto. Nicht mit meinem eigenen Fotoapparat, sondern mit Lieves Polaroidkamera: Alle Besucher müssen ein Porträt von sich machen und eine kurze Nachricht auf den weißen Rand darunter schreiben. Das Foto wird dann neben der Wohnungstür an die Wand gepinnt. Mein Kopf und meine Schultern gesellen sich zu Freunden aus Ostende, einem lachenden Koch, einer Schnulzensängerin, einem gefährlich aussehenden Dackel, zwei Zeugen Jehovas, einem bekannten Radrennfahrer und einem unbekannten, hübschen Peruaner. Unter das Foto schreibe ich: »ORSON!«, und daneben das Datum: 21.08.18, mittlerweile schon gestern, als alles gut ging, so wie jetzt noch immer, was mehr als ein Sieg ist.

Ob es im Kühlschrank wohl noch ein bisschen kalt ist? Ich schnelle hoch und tapse blindlings in die Küche. Alles ist dunkel, bis auf die Lampe im Aquarium. Und da ist die Stille, an die ich mich in Ostende so sehr gewöhnt habe: das ferne Radiorauschen des Meeres, hie und da unterbrochen von kreischenden Möwen – schlafen diese Viecher denn gar nie? Dann, ein heftiger Schlag gegen das Schiebefenster. Noch einer, und noch einer. Geflatter und Gekreische, das Gekratze von Federn und gelben Schnäbeln, die wie Nadeln auf die Terrasse einstechen. Kackespritzer klatschen auf die Fliesen, Möwenkrallen rutschen über Glas und plötzlich sitzt ein Monstrum von einer Möwe kreischend auf dem Teppich neben dem Sofa. Ihr Schnabel klappert furchterregend und ihre Flügel sind halb ausgebreitet, während sich auf der Terrasse andere Möwen drängen, als kämpften sie um eine übriggebliebene Garnele. Es stinkt nach einer Abrechnung.

Erst taumle ich zurück, dann stürme ich nach vorn.

»Genug!«, schreie ich außer mir, »Hört auf! Schluss damit!«, und mit erhobenem Rucksack versuche ich, möglichst bedrohlich zu wirken.

Die hereingeflogene Möwe dreht sich kreischend um, schlägt mit den Flügeln knallhart gegen die Schiebetür und fliegt dann aufgeregt davon, ein Kackeklecks patscht auf das Geländer. Die vier anderen Möwen folgen, ihre gelben Schnäbel schießen wie umgekehrte Blitze in die Nacht. Aus den weißen Vögeln werden graue Punkte, dann verschmelzen sie mit der Dunkelheit. Genauso plötzlich wie sie auftauchten, sind sie auch wieder verschwunden. Auf der Terrasse herrscht Stille, sie ist verdreckt. Eine Spur aus Blutstropfen führt in eine Ecke. Das schwache Licht des Aquariums verrät in der Dunkelheit nichts, aber ich höre ein Seufzen, ein leises Kratzen. Ich beuge mich langsam nach vorn, eine Gestalt kommt mir entgegen, schwerfällig, schlurfend.

Die Elster. Meine Elster. Sie lässt den Kopf hängen. Fällt auseinander. An Nacken und Flanke fehlen Federn, an ihrem Auge klebt Blut, sie hinkt mit dem linken Fuß. Sie sieht mich an, mit offenem Schnabel, und stöhnt heiser. In diese unwirkliche Stille fällt ein Tropfen Blut, der auf den Terrassenfliesen zerläuft. Ich riskiere einen kurzen Blick, aber ihr Bild lässt mich erschaudern. Und dann geht alles wie von selbst. Meine Hände packen den Vogel – Haut trifft auf Federn. Sein Körper fühlt sich kalt an, kleiner und leichter als ich erwartet hatte. Sein zuckender Fuß berührt die Innenseite meines rechten Arms – Nagel auf Ader – und die Elster legt ihren Schnabel auf meinen Daumen: ein messerscharfes Instrument, das nichts an seiner Kraft eingebüßt hat. Ich sehe mich um und stelle sie auf eine Zeitung. Ihre Silhouette wirkt unecht, aber ich sehe, wie sich ihre Augen bewegen. Ein Karton, denke ich, schnell, und schnappe mir den Altpapierbehälter: Der muss genügen. Wieder umfassen meine Hände die Elster. Sie fühlt sich jetzt schlaffer an, ihre Augen sind geschlossen. Folgsam lässt sie sich auf den mit alten Werbeprospekten ausgekleideten Pappboden betten. Ich stelle den Karton zu den Fischen, neben den Plastikgorilla und zu der kleinen Lampe: hier alle Tiere und dort im Zimmer ich. Aber erst mal sehen, ob ich noch etwas tun kann. Wie bandagiert man eine Elster?

Umringt von den vier Kartonwänden scheint dem Vogel alles Vogelhafte abhandengekommen zu sein. Ich sehe nur eine schwarzweiße, sich kaum merklich ausdehnende und wieder schrumpfende Pfeilform, und zum ersten Mal fällt mir das Schillern seines geschlossenen Federkleides auf: Es schimmert in grünen und je nach Blickwinkel hellen bis dunklen Blautönen. Ein weiterer Tropfen Blut fällt, diesmal auf den Reklameboden, ein Sonderangebot für Hackfleisch. Wieviel Blut hat eine Elster? Und wie klebt man ein Pflaster auf Regenbogenfedern?

Ebenso wenig wie ein Mensch dazu geschaffen ist, mit nacktem Bauch und Po neben einem Fischglas zu stehen, eignet sich ein zusammengefalteter Vogel dazu, von oben angestarrt zu werden. Als würde man einen eingeklappten Meterstab betrachten: Alles schreit nach Taten, Scharnieren, Flügeln, die den Raum energisch vermessen können, je großartiger die Geste, desto lieber.

»Sind sie … weg?«, flüstert er.

»Ja, weit weg. Du kannst dich jetzt ausruhen.«

Und ich sehe zwischen den irisierenden Federn herabperlendes Blut. Die Elster ist nicht mehr als ein Schemen, der Umriss einer Niederlage.

51

Der Wecker!
Meine Unterwäsche!
Häh, was mache ich hier nackt auf dem Teppich neben dem Aquarium!?
Die Elster!

Das nervtötende Piepen des Weckers zwingt mich erstmal, noch im Halbschlaf, Richtung Bett. Ich stoße mir den Zeh, schei… schnell! Unterhose und T-Shirt und dann zurück ins Wohnzimmer, hinkend, genau wie meine Gedanken. In einer halben Stunde muss ich am Bahnhof sein. Zum Glück sind meine Sachen schon gepackt. Noch schnell waschen, frühstücken … Nein, nein. Zuerst die Elster. Der Karton!

Vorsichtig trete ich an den Papierbehälter heran und gucke über den Rand: nichts. Der Karton umschließt Leere, nur eine einzige weiße Feder scheint wie eine Skulptur auf eine Bewertung zu warten. Ich schaue mich um und entdecke einen Streifen Blut auf dem Teppich, zusammen mit ein paar Daunenfedern, sonst nichts. Alles ist still und leer. Die Elster ist fortgeflogen, halb kahlgerupft und blutend, irgendwann zwischen spätnachts und Morgengrauen, wortlos und hoffentlich, ohne den Angreifern noch einmal auf einem Dach oder in einem Baum zu begegnen. Fünfundzwanzig Minuten! Keine Zeit mehr, der Zug! Ich reiße eine Seite aus meinem Notizbuch und schreibe Lieve, dass ich versucht habe, einen gegen die Scheibe geprallten Vogel zu versorgen. »Ich bezahle die Reinigungskosten für den Teppich. Versprochen!«, kritzle ich und unterstreiche das letzte Wort.

Ich muss los, halte aber inne. Das Buch! Für Lieve! Was kann ich … Ich schnappe die Kamera, positioniere mich über dem Papierbehälter und drücke ab – das Kartonzimmer mit der weißen Feder auf der Hackfleischreklame taucht aus dem Nebel des sich entwickelnden Polaroids auf. Dann reiße ich eine Deckelklappe von dem Karton und falte ihn in der Mitte. Das Foto klebe ich auf die Vorderseite und zwischen die gefaltete Pappe stecke ich den Zettel mit meiner Entschuldigung. Dann suche ich meine Sachen zusammen und will zum Zug sprinten. Nur mehr eine Viertelstunde! Schlüssel, abschließen, hopp … nein, doch nicht, mein Füller! Die Taschen knallen auf den Boden und ich stürme ein letztes Mal zum Aquarium. Beim Ergreifen des Füllers und beim Anblick des Umschlags mit dem Foto von dem leeren Elsterkarton fällt mir etwas ein. »FEDERKRAFT«, kritzle ich in dicken Buchstaben auf das Polaroid. Und darunter, in kleineren Buchstaben: »von«.

Und dann holterdiepoltere ich die Treppe runter zum Zug. Nach Hause.

52

Es muss aussehen wie ein missglückter Hürdenlauf: wie ich zum zweihundert Meter entfernten Bahnhof sprinte. Ein Rucksack tanzt auf meinen Schultern, Tragetaschen hopsen an beiden Seiten, die Kamera schlenkert unkontrolliert um meinen Hals, und meine Sonnenbrille – sie hat offenbar genug von dem Ganzen – purzelt auf den Gehweg. Sie aufzulesen hat keinen Sinn, denn ein Brillenglas liegt wie eine umgedrehte Schildkröte neben der Fassung. Ein kleines Stück Gehweg wird sich heute ohne Blinzeln sonnen können.

Ich stolperlaufe weiter, zum Glück ohne Zuschauer, denn es ist gerade mal sieben und die Straßen sind wie ausgestorben. Noch im Laufschritt entdecke ich auf dem Bahnhof meinen Zug, mutterseelenallein auf einem der überdachten Gleise. Die Schaffnerin macht mir Mut:

»Abfahrt in einer Minute, keine Sorge!«

Sie winkt mich in den Zug, alles an mir zieht und zerrt. Drinnen gehe ich weiter in den vordersten Wagon, bis hinter die Lokomotive, weg von Ostende, das mich von hinten ins Landesinnere schubst:

Die ersten hundert Meter nach Hause gehe ich zu Fuß.

Ich lasse mich auf den letzten Sitz fallen, in Blickrichtung Ostende, mit dem Rücken zur Fahrerkabine. Ich kontrolliere meine Sachen: nichts gerissen oder kaputtgebaumelt auf dem Weg hierher? Nein, es ist alles noch da, auch die Kamera funktioniert. Der ganze Wagon ist leer, niemand sieht, wie ich zwischen meinen Reisetaschen keuche. Ich lehne mich zurück und hole tief Luft, damit das Stechen in meiner Lunge aufhört. Schweißperlen stehen mir auf der Stirn, mein Rücken juckt, ich bin durstig und klebe an Rückenlehne und Sitzfläche. So ganz ohne Handtuch und Wasser und ganz allein bleibt mir nichts anderes übrig, als theatralisch zu jammern.

»Alles okay da drüben?«

Ich schrecke hoch. Es ist doch niemand hier?

»Brauchen wir einen Krankenwagen?«

Ich spähe über die Sitze und durch das Fenster, sehe aber niemanden. Dann blicke ich mich nochmal in alle Richtungen um, auch zu meiner Seite, und erst da bemerke ich die offene Fahrerkabinentür.

»Ui, Entschuldigung!«, rufe ich. »Ich dachte, ich wäre allein …«

»Du bist allein, Kleines, du bist allein, aber das Himmelstor steht offen. Gott sieht dich!«

Noch im Sitzen stecke ich den Kopf durch die Tür und luge in die Kabine. Eine braungebrannte, glänzende Frau mit streng nach hinten gekämmten Haaren, knallrotem Lippenstift und lackierten Fingernägeln lächelt mich an.

»Naja, eigentlich ist hier heute Gottes Frau, aber das ist dir hoffentlich auch recht. Kommst du rein?«

»Äh, darf ich?«

Sie nickt energisch und winkt mich zu sich.

»Los geht's, mach die Tür zu! Ich meine natürlich das Tor …«

Ich lasse meine Sachen stehen und betrete die Fahrerkabine. Die Frau macht mit einem kleinen Hebel eine minimale Bewegung und lässt es dann laut tuten, woraufhin wir wie im Film aus Ostende gleiten – ich in der Hocke hinter ihr, Ausschau haltend nach Gegenverkehr. Während aus den vielen sich kreuzenden Gleise ein Duo wird, zeigt sich, dass Gebäude, Pflanzen und ein Wirrwarr an Infrastruktur den Zug nur mit Müh und Not passieren lassen.

Wir sitzen schweigend nebeneinander, während wir den rostigen, in der Ferne verschwimmenden Linien folgen. In diesem engen Tunnel ist alles eindeutig: Hier ist hier, dort ist dort, Stahlräder pressen und schieben sich über Stahlbalken an ihren Bestimmungsort. Die eben noch flache Landschaft hebt allmählich ihre Glieder und verteilt Hügel, Wälder und Flüsse über unser Blickfeld. Der Rhythmus ist hypnotisierend, es ist wie in die Brandung starren. Immer wieder werden die hölzernen Querbalken erneut von der Windschutzscheibe verschluckt, immer aufs Neue schäumen kleine Wellen über die von ihnen geformte Grenze. Der Zug frisst Abstand, das Meer knabbert Strand. Heimweh, Fernweh, Zugweh, Meerweh.

Ein Tuten! Ich erschrecke und schreie auf. Die Frau wiehert lauthals und zeigt mit ihrem manikürten Finger auf einen Hund. Weit vor uns bellt er in den Büschen.

»Gott sieht alles!«, ruft sie.

Zum Glück, das war knapp. Und das wie oft pro Tag? Herausgerissen aus meiner Träumerei denke ich an Ostende zurück, das über diese Gleise am Rest des Landes befestigt ist. »Hosenträger« hatte der Mann im Mu.Zee-Museumsshop sie genannt.

»Fährst du jeden Tag von Endstation zu Endstation?«, frage ich. »Ist das deine feste …«

»Du meinst von Kopfbahnhof zu Kopfbahnhof, Kindchen? Ja? Das sind nämlich zwei verschiedene Dinge. In einem Kopfbahnhof hören die Gleise auf – ›schnipp‹, abgeschnitten; bei einer Endstation hält der Zug einfach nur – ›tuut‹, Ende der Fahrt. Und ich mache meistens Ersteres, ja. Vom einen Gleisende zum anderen und wieder zurück. Im Winter bekomme ich in Eupen einen kräftigen Stoß und dann nehme ich den Schnee nach Ostende mit; und im Sommer geben sie mir in Ostende einen Stoß und ich nehme die Sonne mit zurück nach Eupen. In Brüssel fahren wir zum Glück unter der Erde, da müssen wir uns die Misere nicht ansehen … Also Kopfbahnhof und nicht Endstation, ja? ›Schnipp‹ und nicht ›tuut‹.«

Ja. Verstanden. Kopfbahnhof, nicht Endstation. Kopfbahnhof. Dort bin ich vor drei Wochen angekommen. Und von dort bin ich vor einer halben Stunde wieder weggefahren. Aus einem Kopfbahnhof. Schönes Wort. Ein Ort, an dem man die Schiene verlässt, sie aber auch wieder betritt. Und wo vorwärts rückwärts ist, und umgekehrt. Kein Links oder Rechts, kein Drunter oder Drüber. Immer nur geradeaus. Solange die Kabel Strom haben und man die Signale befolgt. *Simple comme bonjour. Pour toujours.* So einfach wie möglich. Für immer.

Ich betrachte die geschminkte, reglos vorausschauende Frau, ihre getuschten Wimpern, ihre Wangenknochen. Ob sie mich je neben den Gleisen hat stehen sehen? Das Mädchen mit dem Maiskolben und den grellbunten Turnschuhen? Und hat sie dann absichtlich nicht getutet, weil sie wusste, ihr Getute würde genau das Gegenteil des Gewollten bewirken: dass ich, aus meiner Taubheit herausgerissen, einen Schritt in die falsche Richtung machen würde?

Ich betrachte eine Göttin, die von Kopfbahnhof zu Kopfbahnhof donnert. Tutet. Schallend lacht. Und ich lächle mit, in der Hocke und braungebrannt, inzwischen überzeugt, dass kein Gegenverkehr mehr kommt. Ich bedanke mich mit einem Nicken und sie schickt einen Kuss in die Luft, dann trete ich aus der Kabine. Links und rechts zieht die Landschaft längsgestreift vorüber und ich glaube, nein, ich weiß, dass das Ober- und Unterhalb dieses Zuges untrennbar miteinander verbunden sind. Dass ich, zusammen mit der Lokomotive, der Zipper bin, der die Welt zusammenzieht.

53

Ich bestehe zur Hälfte aus Wasser. Und so sitze ich an meinem Esstisch, der momentan als Schreibtisch dient. Essen füllt und Schreiben leert, also ist mein Tisch, genau wie ich, im Gleichgewicht. Die Flüssigkeit in meinem Körper ist auf all meine Zellen verteilt. Schäle ich die Haut ab und vergesse ich das Fleisch, bleiben nichts als ein paar Milliarden schwebende Tröpfchen. Ich bin Dampf auf High Heels, eine Wankelwolke.

Was, wenn wir alle aus nichts als Tröpfchen bestünden? Hier ein dünnschwadiger Dunst, der im Liebesrausch über einem Blumenbeet hängt; dort eine Nebelbank, die machtstrotzend ein Dorf gefangen hält; und weiter drüben eine grübelnde Stapelwolke, die dem harrt, was da kommen möge – Schatten, Regen, ein Hagelsturm, oder alles löst sich in Nichts auf. Würden uns in diesem Fall, statt Psychiater, Meteorologen genügen, die unser Gemüt nicht als Chemie, sondern als Feuchtigkeitshaushalt betrachten würden? Würden sie sofort wissen, was Freudentränen und was Tränen des Zusammenbruchs sind?

Hätte so ein Wolkenkundiger mich genesen können?

Ich höre das Pfotengetrippel. Rachel, meine Katz,

mein Schatz. Sie streckt sich auf dem Laminatboden und springt dann, in einem perfekten Bogen, auf mein Klavier. Das jetzt offiziell zum Katzentisch geworden ist, zum Streichel-, Schnurr-, Schlaftisch. Sie legt den Kopf zwischen die Pfoten, und ihr Schwanz vollführt noch ein letztes Tänzchen. Ich bin davon überzeugt, dass Katzen in Böden hineinsehen können, dass ihre Schwänze Periskope sind, die Licht und Schatten ins Gleichgewicht bringen – guck doch nochmal in mich rein, bring mich ins Gleichgewicht.

Im Bücherregal hinter meinem Rennrad steht eine Ansichtskarte. Ich weiß, was auf der Vorderseite zu sehen ist: gebräunte Frauenbrüste auf einem Strand, darüber Neongrüße aus Ostende. Auch die zu mir zeigende Hinterseite kenne ich, weil ich jeden Tag dieselben vier Worte lese, die ich im »Chamonix« an mich selbst geschrieben habe:

»Riechst du das Meer?«

Ja, ich rieche das Meer.

Unaufhörlich unter meiner Decke, wogend wie das Wasser.

Kleines Glück

von *Meistje*

Sonnenaufgang. Sonnenuntergang.
Nach Mitternacht mit Freunden
auf einer Terrasse sitzen.
Geplauder auf einem sommerlichen Platz.
Der Geruch einer erlöschenden Kerze.
So intensiv am Kaffee riechen,
dass das Aroma verschwindet.
»Negroni«.
Spargel.
Ein Montblanc-Füller.
Ein Zungenkuss nach einem Glas Champagner.
Mein Körper an einem anderen Körper.
Der Geruch der Sonne auf meiner Haut.
Der Geruch von Erde nach einem Regenguss.
»Kind of Blue« von Miles Davis.
Knirschender Schnee unter meinen Füßen.
Das Geräusch meines Rennrads,
wenn ich die Beine stillhalte.
Meine Badeenten-Sammlung.
Ein Ausflug zu IKEA.
Die Wimpern meiner besten Freundin.
Die Salamander meines Neffen,
das Klavierspiel meiner Nichte.
Die grünen Augen meiner Schwester.
Meine Eltern – alles an ihnen.
Rachel – schlafend und wachend.
»Tschip« von Willem Elsschot.

Ann De Craemer (Jahrgang 1981) studierte Germanistik und erwarb anschließend einen Master-Abschluss in Amerikanistik. Sie debütierte als Autorin im Jahr 2010 mit dem Buch »Duizend-en-één dromen. Een reis langs de Trans-Iraanse Spoorlijn«, für das sie eine Nominierung zum VPRO Bob-den-Uyl-Preis für Reiseliteratur erhielt. Ihr Prosadebüt »Vurige tong« erschien 2011. Darin erzählt sie die Geschichte ihrer katholischen Kindheit in Tielt, Westflandern. Seitdem hat sie fünf weitere Bücher veröffentlicht. Neben ihrer Tätigkeit als Schriftstellerin schreibt Ann De Craemer regelmäßig Kolumnen für Zeitungen und Magazine. So war sie u. a. tätig für die Zeitung »De Morgen« und die Monatszeitschrift »Onze Taal« und schreibt für die Tageszeitung »Het Laatste Nieuws«. Ann De Craemer lebt und arbeitet in Tielt.

Lotte Hammond (Jahrgang 1982) studierte Niederländische Sprach- und Literaturwissenschaft in Wien und an der Rijksuniversiteit Groningen mit den Nebenfächer Vergleichende Literaturwissenschaft, Spanisch und Deutsch als Fremd-/Zweitsprache. Sie lebte und arbeitete mehrere Jahre in Kanada und den USA und war dort als Übersetzerin, wissenschaftliche Assistentin sowie Deutsch- und Spanischlehrerin tätig. Im Jahr 2016 begann sie, als Lektorin für Niederländisch und Deutsch als Fremdsprache zu arbeiten. Seit 2018 widmet sich Lotte Hammond hauptberufliche der Literaturübersetzung.

www.mauke-verlag.de